Animales
Santiago Craig © 2021
Published in agreement with Interzona Editora

Esta obra foi publicada com apoio do Programa "Sur" de Apoio às Traduções do Ministério das Relações Exteriores e Cultura da República Argentina.

*Obra editada en el marco del Programa "Sur" de Apoyo a las Traducciones del Ministerio de Relaciones Exteriores y Culto de la República Argentina.*

*Edição:* Felipe Damorim e Leonardo Garzaro
*Assistente Editorial:* Leticia Rodrigues
*Tradução:* Camila Assad e Reynaldo Damazio
*Arte:* Vinicius Oliveira e Silvia Andrade
*Revisão:* Miriam Abões e Lígia Garzaro
*Preparação:* Ana Helena Oliveira

*Conselho Editorial:*
Felipe Damorim, Leonardo Garzaro, Lígia Garzaro,
Vinicius Oliveira e Ana Helena Oliveira.

Dados Internacionais de Catalogação na Publicação (CIP)
(Câmara Brasileira do Livro, SP, Brasil)

C886a

Craig, Santiago
   Animais / Santiago Craig; Tradução de Camila Assad, Reynaldo Damazio. – Santo André - SP: Rua do Sabão, 2023.
   152 p.; 14 x 21 cm

   ISBN 978-65-81462-09-3

   1. Literatura em espanhol da Argentina. 2. Conto. I. Craig, Santiago. II. Assad, Camila (Tradução). III. Damazio, Reynaldo (Tradução). IV. Título.

CDD Ar863

Índice para catálogo sistemático
I. Literatura em espanhol da Argentina : Conto
Elaborada por Bibliotecária Janaina Ramos – CRB-8/9166

[2023] Todos os direitos desta edição reservados à:
**Editora Rua do Sabão**
Rua da Fonte, 275 sala 62B - 09040-270 - Santo André, SP.

www.editoraruadosabao.com.br
facebook.com/editoraruadosabao
instagram.com/editoraruadosabao
twitter.com/edit_ruadosabao
youtube.com/editoraruadosabao
pinterest.com/editorarua
tiktok.com/@editoraruadosabao

# ANIMAIS
## Santiago Craig

Traduzido do espanhol
por Camila Assad e Reynaldo Damazio

*Se quer que eu seja sincera, senhor, devo dizer-lhe que não entendo nada.*

— *Jane Eyre*, Charlotte Brontë

# Depois do urso

Antes do urso, nada havia acontecido no povoado. Depois, eles o puseram no brasão. Havia uma cachoeira e um céu azul entre louros, uma cabana de madeira com fumaça saindo da chaminé. A vida num gesto elementar: a floresta e o homem convivendo nesse murmúrio de líquidos e vapores. Bobagem. Podia ser o brasão da cidade ou de qualquer outra parte. Antes do urso, havia no brasão uma citação latina gravada na base para torná-lo particular e transcendente: *Tempus fugit*.

Agora, os meninos da escola desenham o corpo gordo encurvado e misturam têmperas para chegar ao "urso vermelho". Um pouco de vermelho alaranjado, um pouco de amarelo ocre, algo de preto. Em nenhuma das três escolas houve dois ursos pintados que fossem iguais. Pode-se notar isso quando estão todos expostos na praça para as festas, colados nos painéis, torrando ao sol de janeiro. Sob os panos estendidos, dispostos nos caminhos concêntricos de grama que convergem para a estátua central. O herói sentado em sua cadeira de pedra. Nem a cavalo, nem com lança, nem apontando para o céu: um herói local. Com as mãos apoiadas nas coxas duras, com os olhos vazios, com seu nome mundano, Adolfo não fez sombra, em todos esses anos, a um urso igual ao outro entre todos aqueles desenhos infantis.

Os meninos são informados de que o urso chegou à noite, mas ninguém sabe a verdade. Para fixar uma lenda, é necessário encadear episódios precisos; há que inventar cenas que podem ser pintadas com têmpera a partir dos quatro anos de idade.

Há três pontos centrais na história. Na primeira, diz-se que houve um pedido exótico: o governador de Misiones estava montando um zoológico particular e queria acrescentar um urso pardo à sua coleção. Já haviam trazido flamingos cor-de-rosa, tucanos e macacos para o local. Era meio segredo. As pessoas o deixavam fazer porque o cara era simpático, dava empregos, não demonstrava gestos cruéis. Ele, ou seu pai, ou seu irmão eram como montanhas ou árvores: com diferenças imperceptíveis, sempre estiveram por lá. Essa primeira cena raramente é desenhada, não é fundamental, serve mais como uma desculpa periférica. O ponto de partida, um personagem que é imediatamente apagado, uma maneira de estabelecer na lenda os excessos que praticam, bem ou mal, os poderosos. De poder nomear um homem, um tempo, uma posição, um capricho.

O segundo episódio concentra a tensão e o milagre. Eles transportaram o urso em um caminhão, dentro de uma jaula, coberta com uma lona. Fizeram uns furos na lona para o urso não sufocar, porque era janeiro, e a viagem, longa. O animal estava calmo, resignado, sem bufar, solto. De brincadeira, os motoristas o chamaram de Natalio, porque esse era o nome do governador. Conta-se que conversaram com Natalio, que lhe contaram sobre suas vidas rasas como trabalhadores. Em vez de conversarem entre si, os motoristas usaram o Natalio. Como um menino bobo, eles usavam, para opinar explicando, dar detalhes didáticos. Eles falaram sobre suas esposas, seus patrões, como era difícil caminhar e refazer caminhos quase sem descanso, sem espaço para vícios sérios ou recreação. Falaram das noites inteiras que viram sozinhos sem contar, das luas amarelas, das mulheres que trabalhavam na lateral dos caminhões. E o urso, nada. Uma presença latejante, na traseira do caminhão.

Até que, em algum lugar aleatório que agora é um templo, disse "aqui", e o motor parou.

Em algumas versões, todas as quatro rodas são esvaziadas de repente e ao mesmo tempo; em outras, o caminhão tomba e cai suavemente em uma vala. A verdade é que ele para ali mesmo, na cidade, não em outro lugar. A verdade é que desde então, sim, nossa cidade é o lugar onde o urso fala. Por um tempo, nas escolas, o "aqui" passou a ser considerado um provável exagero. Pode ser que os motoristas tenham ouvido errado, que o urso tenha rosnado como qualquer urso e, a esse som, tenham acrescentado algo mais. Eles ou os que passaram a lenda adiante. Fazia falta essa graça, essa distinção. Um urso que falou e indicou com precisão, que fez o necessário para ordenar, que fazia o que era preciso mandar, para dizer o que deveria ser e que eles entenderam. Para que um excesso de racionalidade não prosperasse, uma versão oficial foi indicada às escolas por lei municipal, que deixava claro que o urso, de fato, havia dito aquela palavra.

Por isso, nos desenhos desta passagem, que são a maioria, dos diferentes ursos, há sempre um balão ou uma nuvem com aquelas quatro letras emolduradas em pontos de exclamação: aqui!

Os motoristas ficam assustados no começo, eles se olham, se consultam. O urso falou? O urso fez a *van* cair, quebrar, parar? Mais tarde, eles se recompõem: claro que ele não falou, claro que foi um acidente. Atrás da tela, o urso está bem e calmo. Eles o cobrem de novo, se preparam para seguir. Conseguem ajuda. Quando eles voltam, eles ouvem novamente: "Aqui!", diz o urso, e o carro não se move. Eles verificam o animal e o motor: não há nada de estranho. Em algumas histórias, a ação é repetida, como em todas as histórias clássicas, três vezes idênticas, com os mesmos resultados. Eles decidem tentar outras coisas e então, da melhor forma que podem, colocam a jaula de Natalio no chão.

Com esse movimento, o caminhão arranca, os homens, se quisessem, poderiam seguir seu caminho. Mas, quando eles devolvem a jaula para a *van* consertada, ela quebra novamente: insiste na avaria. É inútil. É evidente.

As pessoas chegam e se aglomeram. Não muitos, mas quase todos. Aqueles que naquela época eram o povo. O milagre acontece e a terceira cena começa.

O urso fica de pé sobre as patas traseiras, sai de sua jaula, caminha até o que parece ser um ponto do campo e, como um Buda, cruzando as pernas, apoiando as garras nas coxas, impassível, senta-se. Ninguém chega perto, o tempo passa, e o vento cresce; uma tempestade sem nuvens, sem água, arma-se. De todas as árvores, que então eram muitas, descem pássaros e o cercam. Eles ficam lá, olhando para ele. O urso não faz nada. Os pássaros, todos juntos, sincronizam um canto. As pessoas que estão no local, neste momento, decidem que essa música é perfeita e luminosa, que é uma voz divina.

Alguns desenhos representam o som com uma aura amarela, outros colocam vogais penduradas como guirlandas no céu, pintadas de azul-claro ou roxo.

Com o tempo, o urso morreu, e um templo foi construído. Todo verão, os pássaros voltam, fazem seus barulhos, enchem as cornijas e os caixilhos das janelas, as portas. Ao canto o povo responde com a tradição e pergunta:

"Por que o urso sentou aqui?"

"Por que o urso sentou aqui?"

"Por que o urso sentou aqui?"

Três vezes, como nas fábulas, nos feitiços, nas histórias infantis.

Com focinhos de papel machê, com túnicas marrons e garras armadas com patas de porco, todos damos forma ao silêncio mais mudo do ano e carregamos uma resposta pendurada em algum lugar, como uma medalha invisível. Com isso vivemos, até o próximo verão. Sabemos que, antes do urso, tínhamos um povoado sem templo e sem festa, sem brasão, sem citação latina; não tínhamos nada.

# Nosso cachorro

Nenhum grito foi ouvido. Não caiu uma lâmpada e se quebrou no chão. Os vizinhos não saberiam dizer: houve angústia, houve violência. Eles não poderiam ter dito nada sobre nós. Ficávamos horas na academia, cervejarias, cursos de alguma coisa, viagens de trabalho. Éramos a gastrite que ia e vinha como ondas finas no fundo de um rio, uma tosse nervosa que se acentuava às sextas-feiras, o medo repetido a cada ultrassom, a opção sempre devastadora e iluminada de um tumor ou de um derrame. Medo e desejo. A vida acostumada a nós. Éramos isso? Tão completos, os dois, até aquele ponto. Voltamo-nos para essas ilusões hipocondríacas. Usamos também, como pontos de ancoragem, a vida imaginada, projetada antes, no namoro, nas ilusões compartilhadas. Estrangeira para nós já, mas, ainda assim, própria. Como um pedaço de pão que se compra e parte, como uma mecha de cabelo que está lá sendo o que somos, mas sem se submeter à nossa vontade, crescendo por conta própria, mais forte ou mais fraca, mais maçante ou mais escura, sem responder a nenhuma ordem direta dos nossos cérebros.

Foi algo nebuloso o que nos aconteceu, ou melhor, suave e manipulável como aquelas argilas novas e aquosas que se estendem sem grudar, manchar ou deixar resíduos nas mãos. Ninguém poderia ter dito nada sobre nós. Quando nos perguntaram como estávamos, dissemos que estava tudo bem, que era a mesma coisa, que o assunto tinha corrido, que era natural, que estávamos apenas seguindo o curso das coisas. Dissemos que tínhamos caído no poço da estatística, que éramos mortais e comuns, que a fatalidade do habitual nos protegia. Sem perceber, fomos sugados aos poucos por uma boca invisível. Tínhamos desgastado o que dá forma às pedras. Como uma luminária de chão, como as mangas das botas das calças de um vigia noturno. Sem deterioração, sem atrito, por estar lá por muito tempo, despreparado, algo mais forte do que nós, mais próximo da verdade, tinha se apagado.

E agora estávamos bem, não mentíamos. Poderíamos tomar sol, passar muito tempo ao telefone, enfim nos dedicar aos nossos *hobbies*. Se fosse o caso, conhecer outras pessoas.

Cada um de nós deu ao outro o que o outro pediu. O problema começou quando tivemos que dividir o cachorro.

No início, estabelecemos uma rotina justa: três dias com um, quatro com outro. Alternando, a cada semana, quem ficava mais tempo. Os passeios com Walden eram um tempo entre parênteses. Para mim, tenho certeza, uma maneira de lidar com o que logo se tornou um julgamento desorientado. Para ela, pelo que soube depois, os únicos momentos em que sentia que tinha pernas e braços e todo o corpo ainda ágil e ativo.

Nós nos permitimos ceder, infringir a regra básica. Erramos.

Por compromissos assumidos, por questões menores que é impossível lembrar, que não deixaram o menor rastro na memória, um encontro circunstancial, uma questão de trabalho ou simples preguiça, nos demos a opção de ocupar os dias um do outro. As proporções eram misturadas e atribuímos a culpa um ao outro. Tínhamos uma razão tangível, peluda e animal para nossas brigas.

Para voltarmos à equidade, decidimos tomar a parte de cada um novamente, mas segundas e sábados eram diferentes, três dias de chuva não davam a mesma coisa que dois feriados. Discutimos mais. Como nunca antes, passamos a dizer coisas dolorosas um ao outro sem pensar.

Estávamos cada vez mais longe de nos amarmos. Acabou sendo impossível nos abrigar a tempo. Nunca era igual. Nunca era justo. Éramos nós e Walden e as caminhadas e os parques e o sol e as noites de seu ronco. Não havia nada gratificante naquela forma programada. Não está claro qual de nós propôs primeiro, mas o que lembramos é que, quando houve essa solução, nos sentimos juntos novamente. Não no afeto, mas nas ações. Decidir algo em conjunto, algo simples, era sinal de maturidade e temperança.

Achamos prudente ir devagar. Eu mantive a perna traseira esquerda dele nos dias em que ela andava com ele, e ela, quando era a minha vez. Envolvemo-la em gaze e quando começou a cheirar mal, levei-a a um taxidermista que nos ajudou em todo o processo. Ele sugeriu que cortássemos a cauda. Era o elemento menos fundamental na vida do cão e, assim, tínhamos mais um consolo para evitar o vazio que seus dias de ausência cada vez mais geravam em nós. O humor do cão permaneceu inalterado. Só mudou quando cada um de nós, por gula, porque nos sentimos maltratados, começou a pedir outra coisa em troca de ceder passeios. O taxidermista, a postos, indicou-nos uma sequência: podíamos cortar orelhas e unhas, até um olho ou uma das patas dianteiras. Nosso cão de raça pura conseguiu manter o equilíbrio com quase nada. O que podíamos cortar, cortamos, injetamos com fluidos, guardamos em potes.

Mas o gradual não durou muito. Sem mais nada para fazer, e porque estávamos fazendo o que o protocolo legal indicava, chegamos à fatalidade de dividi-lo, como o resto dos bens. Havia duas maneiras de fixar o meio: um corte transversal que cruzava o cachorro do focinho até o local onde estava o rabo, ou um corte que media exatamente o centro de seu corpo esticado e em um corte separava a metade frontal da outra. A segunda nos pareceu, das duas, a menos justa. Walden estava mais na cara do que na bunda: essas partes não importavam.

Então optamos pelo corte reto do focinho ao ânus, e o taxidermista fez um trabalho impecável, dando a cada um de nós uma parte tão idêntica que era difícil saber qual era qual. Tivemos essas metades por meses. Ela, na sala, em cima do que costumava ser o nosso aparador. Cheio de fotos ainda, de uma vida antiga e compartilhada. Eu, debaixo da cama, com malas e sapatos empilhados que por preguiça ainda estavam lá. Sabíamos, ao longo dos dias sem cachorro, que não havia nada para buscar naqueles momentos sozinhos, na separação malsucedida e, para remontar o cachorro que agora tínhamos cortado em dois, nos reencontramos.

Voltamos a conversar, comer e passar a vida juntos na cama, nos consultórios e nas praças. Não houve riso nem celebração. Se os vizinhos fossem perguntados, eles teriam dito que pensavam em uma viagem, um problema de saúde, um distanciamento.

O taxidermista recompôs Walden, nosso cachorro, outra vez, e sua cabeça está agora em cima da nossa cama. Às vezes, à noite, me distraio na insônia e o vejo. Há uma linha que o atravessa no meio e por mais escondida que esteja, ainda consigo senti-la. Olhando para aquela cicatriz de cola endurecida que separa aleatoriamente seus olhos amarelos, eu desperto. Em nosso quarto, Walden está morto, sim, mas não estou alterado pela sua presença imóvel e fantasmagórica. O que me perturba bem mais é a sua assimetria.

# A girafa

Não há necessidade de imaginar outros mundos. Em algum lugar deste planeta de telefones luminosos e molhos de salada, de oceanos pintados em mapas e maçanetas de latão, separam as sementes de suas vagens, com uma língua violeta, para engolir e se alimentar, esticando o pescoço, as girafas.

O professor de catecismo plantou animais selvagens em nossos rostos como bolos de creme. O universo do acaso não é possível, um mundo sem Deus que contém a complexidade de um leopardo, um rinoceronte, uma girafa. Não há ficção científica ou teoria científica que possa se igualar ao Plano Divino em imaginação, exatidão e precisão. O professor de catecismo, para nós pequeninos, ainda mal tentados em nossos corpos, com uma doçura leitosa que permanecia no paladar dando a tudo o cheiro e o sabor de nossas mães, nos confrontou com a verdade inegável de sua fé: Deus já havia inventado o mistério em todas as suas formas, com todos os seus detalhes e precisão. O que nos restava fazer, no pouco tempo de graça que ainda tínhamos, era admirar sua insondável grandeza.

O que o professor de catecismo nos disse na igreja, como tudo antes dos sete anos, estava coagulando em uma penugem cinzenta grudada nos porões apagados que eu havia cavado nas profundezas da minha memória. Era uma partícula de nada, uma lâmpada crua pendurada no teto de um barracão de ferramentas em campo aberto.

O som da voz daquele cara arrumado com camisa de manga curta e gravata reta não reverberava em mim. Tão americano que era, tão Testemunha de Jeová, tão vendedor de carros. A maneira de ele ir e vir na frente da sala, fazendo chiar seus sapatos de couro, aquele andar bamboleante de pato. Com o resto das coisas, eu o havia deixado estar ali, naquele porão escuro nos fundos do que lembrava de mim mesmo quando era aquela garota: uma menina no jardim, as tardes cheirando a sopa e gordura fria no pátio, a náusea constante, o medo de nunca mais ver mamãe e papai, a vontade de pular o muro branco. Mas desfez o esquecimento: subiu uma escada invisível, abriu a porta e gritou; saiu exibindo todo o maneirismo de seus gestos, o professor de catecismo de repente tornou-se luz e nitidez, a tarde em que, no cinema, alguns anos depois, apareceu a girafa.

Era um sábado, com certeza. Estávamos no Regina, só nós e os meninos, cada um com seu saco de papel cheio de pipoca, sua garrafinha de Coca-Cola ou Fanta. A tarde inteira: três filmes. O primeiro, mais curto, de desenhos animados sérios com enredos clássicos; o segundo, ficção científica, aventura, de qualquer forma, sempre confuso, malfeito, e o terceiro, de novo, um desenho, mas um daqueles da TV: Silvestre, Coyote e Papa-Léguas, Pernalonga e de vez em quando (adorava), Super Mouse.

Em Arrecifes, nossos pais não tinham outro lugar para nos trancar sem sol, rua ou campo, para ficarem tranquilos. Com exceção da escola e do cinema, todo o resto foi feito sem paredes. Andamos soltos do mesmo jeito, pelos corredores acarpetados; os mais velhos iam ao banheiro fumar: sabíamos que o lugar era nosso. Havia, sim, dois meninos maiores em jaquetas roxas, com lanternas; havia o homem que nos vendia pipoca e refrigerantes e amendoim com chocolate, outros adultos de camisa e calça preta, mas eles nos deixavam fazer isso. Eles estavam entediados de estar lá. A menos que alguém quebrasse o nariz, ou dois trocassem porradas, eles só podiam fumar, ouvir rádio, conversar entre eles sempre sobre a mesma coisa. Todos no cinema: os pais do lado de fora, nós do lado de dentro, as crianças, os adultos, cada um com suas coisas, esperávamos o tempo passar.

Nos banheiros, os espelhos tinham sido montados para imitar os dos camarins: emoldurados com pequenas lâmpadas amarelas redondas. Nós, garotas, gostávamos de ir ao banheiro para nos olhar naqueles espelhos das estrelas de *Hollywood* e fazer caretas. Mexíamos as pálpebras e repetíamos frases que lembrávamos dos filmes: "A vida seria maravilhosa, se eu soubesse o que fazer com ela"; "Quando eu perco a calma, *baby*, não há nenhum lugar onde você possa encontrá-la."

    Num desses espelhos, num banheiro do Regina, vi a girafa pela primeira vez. Cascos sob a moldura da porta do cubículo, pescoço comprido esticando-se para acomodar o teto muito baixo. Fungou e zurrou; fez um barulho de ronco que eu não sabia que as girafas faziam. Marcou um lugar para mim, uma rota, me chamou para o movimento. Eu não estava com medo. Não precisei explicar a mim mesma que não estava com medo. Não precisei explicar nada.

    Eu a segui. Caminhava no reflexo do vidro, dos azulejos, que se desvanecia no opaco. Uma sombra invertida, uma luz animal que trotava me levou a uma nova porta. No avesso do lado. Um homem e uma menina entraram naquele lugar, havia algo obscuro, fecharam com chave. A girafa me levou de lá para outro longo corredor, fiquei sozinha com ela, um grupo de pessoas apontou para mim. Procurei um adulto e encontrei um de uniforme branco, boné de marinheiro, camisa manchada de café e migalhas de caramelo. Contei-lhe o que tinha visto. A porta, o homem, a garota, a chave. O adulto me agradeceu, me disse para ficar tranquila, para voltar ao cinema, ficou de guarda do lado de fora da porta. Voltei para a sala, como o Pato Donald e os esquilos. Não tinha como Donald ficar com uma daquelas nozes. A girafa havia ido.

Houve outra vez. Uma tarde. Durante todo o meu tempo de adolescência, em casa havia sempre um torpor de cobertores estendidos e algo cozinhando lentamente com o fogo azul dos queimadores do fogão. Havia aquele barulho de pássaros domésticos, de mulheres grandes passando garrafas de mão em mão. Em casa, quando eu tinha doze, treze anos, todos os dias eram iguais e naquela tarde, a única coisa que a diferenciou das outras foi o grito da mamãe. Tio Geraldo e tio Roberto discutiam por causa de dinheiro. Sempre que estavam juntos, eles brigavam. Eles nunca presumiam que o trato fosse justo, que sua parte era suficiente. Eu lia revistas no pátio interno e enrolei a camisa para que o sol batesse nos ombros, na barriga. As coisas se passavam do outro lado. Eu ouvia sim, mas não entendia bem a palavra herança, não sabia dizer se dez mil ou cem mil pesos era muito.

    Quando eles pararam de brigar, eu vi o tio Roberto sair. Gritando insultos, batendo a porta. Mais tarde, entre a sala de jantar e o pátio, vi a girafa parada junto às portas duplas de vidro. Ouvi meu nome rompendo o ar, a voz de mamãe falhando no grito. Que fosse pra rua, tio Geraldo estava morrendo, pedisse a alguém que nos salvasse, por favor, que nos ajudasse. Mamãe, no quarto grande, empurrava com as mãos juntas o peito do tio esparramado na cama, ligava do telefone para os bombeiros, para a ambulância, para a polícia e eu, como estava, sem sapatos, suada, segui a girafa até a porta, atravessei o corredor correndo e a persegui pelas poças do calçamento, pelas janelas de Triunvirato, pelas janelas de táxis e ônibus e subi correndo a larga escadaria de um prédio branco com uma cruz turquesa. Entrei em uma grande sala com pessoas esperando em sofás e gritei para eles me ajudarem, que meu tio Geraldo, seu coração, estava morrendo. Eles me viram tão desesperada que seguraram o riso, mas a tensão era perceptível. Não um desconforto, mas uma indecisão, um não saber o que fazer comigo. A girafa e eu ficamos paradas. Naquele lugar eles não seriam capazes de nos ajudar. Separando o queixo do rosto, um dentista me explicou que não eram os indicados para esse tipo de emergência. Ele não disse "emergências", o dentista disse "situações", disse "centro odontológico".

Quando voltei, sozinha, sem girafa, sem ajuda, tio Geraldo já estava morto, coberto com um lençol azul claro. Eu nunca tinha visto um cadáver assim, o próprio e de perto.

Os olhos das girafas são suaves e de uma cor só. Parecem a carne de uma fruta, um animal marinho. Não sabem transmitir tristeza, alegria ou medo, os olhos de uma girafa. Quando aparecem do nada em um espelho, em um vidro, são o ponto de onde o resto do animal se abre e se desdobra. De seu olhar, a girafa cresce para o focinho esponjoso, para as orelhas e chifres anões, pescoço e manchas, para as pernas magras. Não são os olhos que concentram a atenção, como acontece com muitos outros animais. É o corpo impossível, o jeito de correr em saltos e sempre apontar algo com aquele pescoço extraterrestre.

Toda vez que a girafa apareceu, eu a segui. Ela me levou para uma amoreira envenenada, para a única praia em que vi um afogado, para um terreno baldio onde esfolavam gatos com uma faca. A girafa me levou para um quarto sem janelas, onde colocaram um pano na minha boca e um anestésico; na luz celestial de um trem que à noite desovou um corpo; para o lugar onde jogam fora, quando apodrecem, todas as flores dos cemitérios. Eu pensava, por formação, por hereditariedade, que a girafa era um milagre, um sinal de Deus. Agachei-me no porão subitamente iluminado para ouvir novamente o professor de catecismo falando conosco sobre o acaso impossível. Eu esperava fosse ele e me dissesse, ou a girafa, algum dia. Eu sempre seguia a girafa porque ela estava lá, porque estar lá era parte de um plano. Porque, com o que nos cabe, temos que fazer alguma coisa.

Mas eu cresci, e com o passar dos anos me livrei da urgência, parei de correr, olhei-a nos olhos cinquenta vezes, acompanhei-a calmamente, sem pressa, e vi que não há nada nos olhos da girafa. Toda vez que aparece, a girafa olha para mim do mesmo jeito. Muda e sem contrastes, aponta um horror específico, me faz perceber o que ela também não entende. Com o que é, com o que tem, a girafa faz o que tem que fazer. Abandonada por Deus, ela insiste.

## Mãe coruja

Eram oito horas da noite. Ensopado, na banheira, pensei: a vida é medo. Apertei o frasco quase vazio de xampu. Duas gotas redondas saíram. O suficiente. Minha esposa já havia se transformado em uma coruja e sua cabeça estava girando em seu pescoço. Tinha voado para o terraço. No inverno, se levantava cedo, com a lua. Os meninos foram para a cama mais cedo. Estava congelando lá fora, e por dentro não havia como dissipar o frio. Em todos os lugares, a umidade se tornou forte, pontiaguda. Eram oito horas da noite, eu estava tomando banho e pensei: o preto no final do túnel. A vida é medo. E tudo o que está disponível ali, perto, entre nós, é sempre perigoso. Comecei a cantar o jingle de um comercial de colchões. Eu conhecia a letra pela metade, mas sempre repetia a mesma parte. Quando penso, não acho nada. Eu passo muito tempo na água. É verdade. Minha esposa me diz que ela não entende. Eu gosto quando a ducha me acerta nas costas. O vapor. O ruído irregular das gotas. Se eu pudesse, ficaria vivendo no chuveiro. Os chineses, os gregos, todos os sábios antigos falavam em ficar quietos, em não querer nada, em estar. A forma mais acabada da felicidade, a aspiração mais íntima da sabedoria. O chuveiro é um bom lugar para que as coisas não aconteçam com a gente. As coisas que nos acontecem são a vida. A vida é medo. O preto no final do túnel preto. O sempre perigoso. O melhor colchão.

Por volta das nove, quinze para as nove, minha esposa já deve estar encolhida em uma das árvores nuas ao lado dos trilhos. Os dois meninos sonhavam com o mesmo planeta. Bolas de algodão cresciam no solo daquele planeta, bolas de cores pastel. Rosa, azul-claro, amarelo. Um planeta sem céu, nem mares, nem rios. No sonho, eles sabiam que as bolas podiam ser comidas, mas não as comiam. Eles se esquivavam delas pulando. O menino sonhou que pulou com tanta força que atingiu as bordas do sonho, a menina sonhou que, naquele planeta, ela tinha que trabalhar em um zoológico. Ela tinha que dar frutas aos hipopótamos. Ela os jogaria em suas bocas abertas de uma ponte de madeira. Naquele planeta, os hipopótamos viviam em poços de areia. Naquele planeta, a vida não precisava de água para existir, mas precisava de areia e bolas coloridas.

Tudo tem fronteiras e regras. Também os planetas inventam dois. Temos que aprender. Aprendi que as corujas só podem olhar para a frente. Por isso viram tanto a cabeça: para ver. As corujas têm olhos fixos, embutidos em seus rostos como os botões pretos que os meninos dos países do norte colocam em seus bonecos de neve, enquanto aqui, com baldes de plástico, empilhamos blocos de areia, construímos castelos. A maioria das aves não move os olhos, mas têm visão periférica para compensar. Enxergam pelos lados. As corujas não. Também não distinguem cores, mas escutam tudo. Se há um barulho para nós, há cem, quinhentos para as corujas. Vivem em uma multidão de sons. Elas vão para o que ouvem. Elas fogem do que ouvem. É assim que elas se movem. Que elas aprendem.

 Eu estava pensando nos olhos das corujas. De Clara, na verdade, de minha esposa. Eu estava pensando nos olhos de minha esposa Clara. Agora, com certeza, eles se divertem com os insetos que não veem, mas sentem faíscas, vibrações que pulsam com vida nos cantos e recantos, em seus esconderijos subterrâneos. Através daqueles olhos parados, a vida e o medo vieram à mente, o preto no fim do túnel, o poço dentro do poço. Para os pássaros não há opção. A vida passa: é fome, saciedade, calor. Sem medo. No chuveiro, lembrei-me de coisas que havia lido. Tem gente que estuda a vida das corujas. Quem se dedica a isso. Horas. Dias. Anos. Mais tarde, fazem múmias com os bichos, estátuas que são expostas em museus ou usadas como enfeites; dão palestras, aulas, filmam documentários, escrevem livros. Herdei seis livros de ornitologia. Ainda os mantenho: eles não eram para mim, nem para ninguém.

 No dia em que esvaziamos a casa do meu avô, alguns meses depois que ele morreu, eu os encontrei debaixo da cômoda. Aqueles seis livros, um dicionário de dois tomos e vários catálogos encadernados que restaram de um antigo emprego: vendedor de porta em porta do Círculo de Leitores. Agarrei-os mesmo que não me interessassem, para que não fossem jogados fora. Eu queria ficar com algo do meu avô. Era difícil para mim acreditar que meu avô tinha trabalhado. Eu o tinha visto perambular e nada mais. Nunca cumpria uma regra, um horário. Meu avô caminhava, sentava para tomar chá ou vinho às escondidas, sempre carregava um saco plástico, com a boina, o jornal. Custava-me imaginar que meu avô teria sido um pai, um sujeito de terno e gravata, um homem com todos os dentes, repetindo o protocolo da saudação, da apresentação, da oferta, da contraproposta, da venda.

Com meu avô não falávamos sobre seus empregos. Ele me levava para dar umas voltas, e eu nunca sabia para onde estávamos indo. Enquanto caminhávamos, ele me contava histórias. Ele me disse que uma vez prendeu um crocodilo no porão com uma ratoeira. Um crocodilo médio, nem tão grande assim, mas mesquinho como uma velha faminta. Foi o que ele me disse. Uma velha faminta. Pior que um crocodilo. Ele me contou que, num domingo, depois de um jogo do Platense, entrou no restaurante La Farola del Cabildo e viu um homem do tamanho de um jóquei comer sozinho três dúzias de empanadas. Ele me disse que as pessoas se reuniram ao redor, que fizeram apostas. Eles queriam que o anão morresse ali, mas o cara devorou todas. Ele sempre tinha a prova do que me contava: a ratoeira, um guardanapo da pizzaria. Minha mãe e meu pai me diziam que eram mentiras, exageros; aquele avô gostava de contar histórias, mas que eram apenas isso, histórias, e que eu não precisava acreditar nelas.

A verdade era outra coisa. Guardei os livros, porque ninguém os queria. Dentro do dicionário havia um cartão pessoal que ainda guardo. Ele dizia o que meu avô tinha sido para meu pai e minha mãe e para as pessoas daquele mundo, naquela época que eu não conhecia. "Patricio Connolly. Representante de vendas." Sequei-me de pé no tapete redondo. Pensei novamente: a vida é medo. Tudo que pode acontecer acontece, não importa o que façamos. O preto no final do túnel preto. Recentemente, voltei a ler os livros do meu avô. Li que o som da coruja faz parte da floresta, mas não seus olhos amarelos, suas asas batendo, sua queda livre.

Tudo em uma coruja é silencioso e escuro. As corujas são muito boas em perseguir suas presas. Elas esperam que todos os sons diminuam, que os humores se afrouxem, antes de atacar e pegar sua comida. Nesta zona de terraços, edifícios baixos, semáforos e cabos caídos, por vezes sem querer, por instinto, por serem caçadoras, as corujas atacam os animais domésticos. O livro aconselha manter os animais de estimação dentro de casa ou em gaiolas à noite. Além disso, vingativo, o autor lembra que cães e gatos matam muitos pássaros e encoraja os autóctones todo ano a mantê-los presos, é uma boa prática para cuidar também da vida desses outros bichos.

Clara não come na minha frente. Eu não a vi caçar. No parque, no verão, ela sai rapidinho e volta satisfeita, ensanguentada. Não é um assunto. Desde o início, sabemos o que dizer e o que não dizer. Nós dois entendemos que comer, em todos os casos, é algo trivial. Um rato, uma galinha, uma tigela de macarrão. Espremer um saquinho de chá úmido e deixar o líquido escorrer entre os dedos. Fazer o que se pode com o que se tem.

A toalha com que me enxugo é áspera e fria, me arranha. No espelho, meu rosto está um pouco rosado por trás do vapor. Uma intuição. Meu avô poderia ter sido um pássaro também, assim como um vendedor de livros. Quando tudo começou, eu estava dizendo a Clara que meu pai nunca teve um carro branco. Estava dizendo a ela que ele tinha usado carros azuis, carros laranja, carros pretos, mas nunca carros brancos. Contava-lhe sobre o trabalho, na verdade, que meus colegas de trabalho estavam todos em carros brancos. Eu dizia que nenhuma das pessoas que trabalhavam comigo se parecia com meu pai. E o que eu queria dizer, pela enésima vez, é que nenhuma das pessoas que trabalhavam comigo se parecia comigo.

Eu costumava reclamar do trabalho, das pessoas e dos carros brancos. Passo o dia no escritório, numa agência de *marketing*. Nove horas, às vezes dez, onze, na mesma cadeira de couro sintético preto, olhando para a mesma tela. Eu tenho um chefe, sete colegas, dois funcionários. Trabalhamos com contas e projetos, pensamos no cliente. Tudo pende para o lado dos postulados de Carl Jung sobre o inconsciente coletivo para vender refrigerantes e desodorantes. Organizamos apresentações e *workshops* para empresas que reduzem o emprego substituindo pessoas por robôs. Seus robôs não têm rosto nem braços, são códigos, um ruído branco de inteligência automática. Nem sequer um respeito por velhas fantasias de ficção científica. Tudo aponta para a precisão. Tudo vai na direção do convincente. Eu escrevo roteiros para propagandas, avisos, *slogans*. E, naquela noite, como tantas outras, reclamei. Das reuniões sem sentido, da egomania do chefe, da tagarelice dos funcionários, de como estavam longe de minhas urgências. Sem médicos, nem incêndios, nem certas alegrias envolvidas, digamos um casamento próximo, a invenção de uma vacina, um nascimento. Nada disso. Reclamei do automático, do aceito assim mesmo, do inconsequente.

 Clara, nessas horas do dia, trabalha em casa, sozinha, atende as ligações, os imprevistos, as contas. Ela conversou comigo naquela noite sobre títulos e quedas. Clara é editora. Muitas vezes, seu chefe lhe diz como tornar os títulos mais precisos, os intertítulos mais divertidos. Seu chefe é simples e pragmático. Ela não. Ela não gosta de receber conselhos de seu chefe, ela não concorda. Mas diz que sim, não discute. Falamos, então, do que ele lhe disse e do que me disse ele. Naquela noite estávamos lá, doze anos depois de nos conhecermos em um bar, de lermos poesia de Dylan Thomas, Sylvia Plath, de assistirmos a filmes russos na hora da soneca. Falando desses assuntos sem gosto nenhum. Sem escolher, acreditávamos, pela compulsão de ir adiante e pagar as contas, a alimentação, o trabalho social e a escola dos meninos. Lá estamos nós, falando dos carros brancos, dos títulos precisos, na cozinha fria da nossa casa alugada, de novo. Porque ali há algo desumano e superior a nós, algo perfeito, o mais próximo de Deus que pudemos ver até agora, o mais próximo do que os outros chamavam de destino que nos deixou. Cansados, entediados, mas se amando como antes. Ou ainda mais, por saber que havia, na realidade, algo melhor do que nós. Uma vida plena em outro lugar.

    Quando Clara me perguntou sobre os meninos naquela noite, senti o alívio encher meu corpo de ar. Como um balão quando se enche com o calor da chama e sobe sugado para o céu. Clara entendeu que não havia uma história na cor dos carros, nada para contar. Nem nisso, nem nos intertítulos e nos títulos, nem nas videoconferências, nem em nada que dissemos um ao outro no final do dia. Ele sabia que era hora de começar a falar sobre outras coisas. Com os cotovelos sobre a mesa e as mãos segurando o rosto, ele me perguntou: "O que as crianças estão sonhando?"

E eu disse a ele, porque sabia que cada um sonhava com uma coisa diferente. Leo caminhava por uma névoa que poderia cobrir um campo ou uma floresta. Ele estava procurando um cachorro marrom que tinha visto na TV naquela tarde. Ele o chamava gritando nomes diferentes e, embora às vezes parecesse vê-lo, sempre encontrava outra coisa. O cachorro era dele. No sonho de Leo, a luz era suave e quente, não havia barulho. No sonho de Leo, nós também estávamos. Quando tomava uma decisão, quando se sentia sozinho, em qualquer lugar, aparecíamos. Mamãe, papai e Eva, sua irmã mais velha, seu mundo. Entre as árvores, caminhando ao lado dele, sentado na grama molhada.

Eva sonhava com uma torre de espuma açucarada que comia aos poucos com os colegas. Ela estava com raiva no sonho porque alguns de seus colegas não respeitavam as regras. Embora as regras não fossem totalmente claras, havia um pacto implícito que os obrigava a esperar que ela mordesse as melhores partes antes de qualquer outra pessoa. Para justificar o privilégio, ela gritou para eles: "Eu a descobri, então vocês que esperem por mim!"

Contei a Clara sobre os sonhos em detalhes. Eles têm cheiros e texturas, sonhos têm sons. Clara me ouviu em silêncio. Olhos cansados e turvos, mas abertos. Penas brancas cresciam em seu cabelo, pequenas penas em suas bochechas, seu crânio estava se estreitando e suas roupas estavam soltas. Quando sua boca se transformou em um bico, pensei em um pato. Num cisne, na verdade, num dos cisnes brancos que estão nos lagos artificiais e no final das fábulas. Achei que Clara estava se transformando em um cisne de pescoço comprido. Pareceu-me natural. Havia histórias de príncipes sapos, de princesas cisnes. E de alguma forma os cisnes e Clara se pareciam.

Eu nunca tinha visto uma coruja de perto. Não é um pássaro que fica na cabeça. Por isso, quando escorregou pelas roupas descartadas e, dando saltos curtos, empoleirou-se em cima do toca-discos, a primeira coisa que fiz foi me aproximar para ver. Pareceu-me, a princípio, que Clara era um brinquedo. Um animal inventado, um bicho de pelúcia. Ela estava imóvel e sua cabeça estava inclinada para um lado. Sem piscar, apesar do fato de que, pelo que aprendi depois, as corujas têm seis pálpebras. Aproximei-me sem cautela (era minha esposa), até quase tocá-la com o rosto. As asas eram curtas no nascimento e depois longas. As mãos de Clara não estavam mais lá e, em vez disso, havia, na borda inferior daquela bola esponjosa, duas garras afiadas agarrando o alto-falante.

Quando me acostumei a estar com ela, nós dois em silêncio, olhando um para o outro, Clara fez o primeiro som. Me assustou. As corujas são, acima de tudo, um silêncio. Uma presença sem aura, escondida no ar, fantasmas. Li nos livros, então não sabia. Mas eu senti. O barulho que as corujas fazem é conhecido. Parece o nome delas. Um barulho de medo, de um bosque escuro, de uma história.

"Uh-uh."

Saltou do alto-falante para o chão, então abriu as asas e voou para a janela. Esperou que eu terminasse de lhe contar sobre os sonhos dos meninos. Me olhava em silêncio. Tudo o que eu disse a interessou.

Quando parei de falar, ele saiu para a noite. Demorou um pouco para voltar. Até o dia, quase. Adormeci e sonhei com uma estrada, um bar, dois cisnes. Quando acordei, Clara já estava na cama, com os cabelos de novo, a pele lisa, as pernas nuas e brancas. Enrolada contra o meu peito, descansando. Há três mil anos choveu pão, as serpentes falaram, os mares se dividiram ao meio para um povo passar. Se colocar em perspectiva, não é tanto tempo. Existem moluscos que estão na Terra há trezentos milhões de anos.

Fora do banheiro, havia outra luz, mais limpa e mais quente. Podia ver melhor, mas estava com frio. Clara havia voltado e estava parada no batente da janela, sobre a pia da cozinha. Eu tinha deixado os queimadores ligados para distrair o frio. Contei a ela sobre aquele fogo azul, sobre o cheiro de gás. Eu disse a Clara que gostava dessas duas coisas. Meu avô se aquecia da mesma forma em sua pequena cozinha. O costume, aliás, pertencia à minha avó, e meu avô, já viúvo, o adotara. Eu disse a Clara que me parecia que meu avô também tinha sido um pássaro. Não uma coruja, provavelmente um pardal, algo mais comum, uma pomba. Os olhos de Clara eram duas manchas amarelas e silenciosas. Pela sua calma, pelo jeito como se enrolou e enterrou a cabeça no corpo, eu sabia que já tinha comido alguma coisa. Aqueci uma tigela de macarrão cremoso no micro-ondas. Os meninos já tinham comido e ido dormir reclamando. Como todas as crianças, nossos filhos achavam que a vida era injusta com eles. E eu disse a eles que era injusta, sim, mas não tão ruim. Há três mil anos, menos também, abriam criaturas para oferecer suas entranhas a elefantes de doze braços que viviam nas estrelas, ao Sol irado, a imperadores mortos. E os deuses devolviam aquele pão açucarado que caía do céu, vidas de quinhentos anos, ressuscitavam os mortos. Era uma antiga forma de justiça. Agora essas coisas não aconteciam mais. A justiça tinha outras formas de se manifestar.

 Eu disse a Clara que no banho eu tinha pensado que a vida era medo, preto no preto, o fim sem fim de um túnel escuro. Disse a ela que tinha pensado que olhar para a frente era errado. Olhar tudo junto. Eu disse que tinha pensado em seus olhos. Clara, sendo um pássaro, não disse nada, mas ouviu. As corujas, dizem os livros, absorvem os sons como uma esponja, armazenam-nos por milésimos de segundo em bolhas retráteis, amassam-nos e moldam-nos, sentem-nos. Elas os mantêm. A audição da coruja é um milagre.

Leo acordou e de sua cama me pediu água. Procurei seu copo azul e disse a Clara que Leo e Eva estavam sonhando com um país onde não havia água. Não era necessário. Leo meio que despertou, assustado. Ele me pediu que, antes de partir, eu acendesse a luz do corredor. Me disse que havia algo escuro na escuridão. De volta à cozinha, disse a Clara que o que nos assusta está no corpo. Antes, quando chovia pão, quando os mortos eram ressuscitados, quando meu avô vendia livros em casas, a noite era o lugar dos predadores. É por isso que a escuridão nos assusta. O medo é uma vantagem evolutiva. Como Clara era uma ave noturna, pensei nessas coisas. Desde que paramos de falar de contas e clientes e pagamentos, de reuniões, apresentações, máquinas de café açucarado. Desde que contei a ela os sonhos dos meninos, e ela virou a cabeça como um relógio retorcido em cima de suas asas. Eu tinha começado a pensar em coisas como as que eu pensava no chuveiro e depois, com ela, na cozinha. Que a vida era medo. Que meu avô também era um pássaro. Que o inverno era uma pedra e você tinha que apertá-lo no punho e jogar fora.

    Abri a janela e entrou todo o frio, o frio inteiro. Clara abriu as asas e saiu. Ela voou para a frente e para cima. Mergulhou no preto do preto, no escuro. Lavei meu prato e fui para a cama. Sonhei que estava tomando banho de areia em um planeta sem água. Quando a areia caiu nas minhas costas, pensei que a vida era um lago manchado de sol, a música que tocava quando a água corria para as árvores.

Quando abri os olhos, Clara já estava acordada, guardando as roupas e os mantimentos dos meninos.

"Bom dia", disse ela, com a voz cheia e fresca de uma esposa.

Embora ainda fosse cedo, a luz já começava a crescer lá fora e entrava pela janela com os sons da rua, da vida, a luz na luz, ignorando-nos.

# Três cisnes

Eu era um menino. Não tinha disparado uma arma, não tinha visto um amigo morrer. Estava na estrada porque sim, porque podia.

Assim que abri a porta do carro, o campo entrou. Um cheiro de fios desbotados, de grama amarela. Tudo era silêncio, exceto por pássaros ocasionais, por caminhões passando. Fui da sombra para a pousada, pisei em um caminho de pedras. Lá dentro, o ar era diferente. Frio e de uma cor, como dentro de uma caverna. Assim como nos filmes sobre agentes secretos viajando para o Cairo, os ventiladores de teto giravam languidamente e mal aparafusados. Eles eram o único barulho.

As mesas estavam bambas, as cadeiras estavam soltas.

Sentei-me, mas a moça do balcão me disse que não havia garçons, que fizesse o pedido a ela. Se quisesse comer, havia *tortilla*, milanesa, torta de abóbora, caldo e ensopado. Se não queria comer, havia café ou refrigerantes. Não tinha doces.

"Um sanduíche?"

"Pode ser."

"Um sanduíche de presunto e queijo e um *Seven-Up*."

As janelas estavam sujas, mas a sujeira tornava a luz mais densa, cremosa. Como tinha um mapa no bolso do casaco, tirei-o e desdobrei-o. Apoiei-o na toalha de papel com um anúncio de sorvete. A Rota 37 era uma linha cinza que se transformava na Rota 64 na altura do Intendente San Ignacio. Os cruzamentos foram marcados com eles amarelos. Segui o caminho com o dedo até um ponto celeste: água que não era lago nem lagoa, água sem nome. Naquele lugar, a 64 se dividiu em duas e eu tive que seguir o trecho que ia para o oeste, sempre para o lado oposto ao da costa. Seguindo por esse caminho, chegava-se à Colônia Manatí. Depois, a rota descia para o sul e havia selva. O verde escuro era selva. Aquele verde tinha que ser selva. Ou pântanos. O marrom a oeste eram montanhas. Não deve haver selva naquele lugar, mas campos lisos. Algo mais amarelo. Eu deixei meu dedo lá. Se fosse pântano, afundando, se fosse selva, perdido. A ponta do dedo indicador apertando o papel, uma leve palidez da carne pela pressão. Deve ser limão, trevo, hortelã, espuma do mar, o verde do mapa.

Na mesa de madeira, o prato de lata com o sanduíche de presunto e queijo, o copo molhado com Seven-Up.

"Não encontrou algo?"

"Eu não entendo as cores no mapa. Vou ao General Artigas."

"Você vai à festa?"

Não, não ia a uma festa, muito pelo contrário.

"Sim."

"Para a festa, os ônibus vão sair daqui a pouco, se você quiser, pode acompanhá-los."

"A festa é em Artigas?"

"Ao lado, em Arrarás."

A menina me explicou. A festa tinha a ver com milho ou soja. Ela ia sair à noite, com amigos. Todos iriam se vestir como soldados. Ela estava me contando e eu mastigava o sanduíche seco e poroso. A garota precisava falar. Era uma voz que estava ali e, ao mesmo tempo, se afastava como num barco ou num trem, tornando-se menor. Tocar o pão macio no sanduíche, ouvir o som das bolhas de *Seven-Up* explodindo no vidro, dobrar o mapa e guardá-lo. A menina me contou sobre uma festa e tudo ficou mais triste. Apontei para fora.

"Aqueles patos são daqui?"

Havia três deles e flutuavam em uma geleia verde. Poderia ter sido um pântano ou uma lagoa. Eu não sabia, era um menino. Eu nunca tinha visto nada. Da janela, os patos pareciam imóveis, mas estavam nadando.

"Eles são meus, sim. E eles não são patos, são cisnes."

"Patos, cisnes... Os patos feios se transformam em cisnes?"

"Os patos são uma coisa, e os cisnes são outra. Cisnes nascem feios, mas são sempre cisnes."

"E pra você já nasceram lindos?"

A garota riu, embora eu não tenha visto a piada. Contei seus dentes. Entre nós brilhava aquela luz empoeirada que revela a sujeira e as bactérias de que é feito o ar. Cheguei a uma contagem de treze e ela calou a boca. Se tivesse sido honesto, se tivesse feito o que queria, eu a teria abraçado.

"E o que os cisnes comem?"

"Plantas e capim, girinos, mas também lhes dou pão. Biscoitos."

Como os ventiladores eram lerdos, como a pousada era de poucas cores e antiga, presumi que a garota devia ser apática, mal-humorada. Mas não. Estava lá sozinha por muito tempo. Durante todo o tempo em que esteve no bar, ninguém entrou. Como eu não a conhecia e era um menino, como eu não conseguia definir o limite das coisas, parecia-me que ela devia ter entre dezoito e vinte anos, assim como todas as meninas. Brilhava como uma laranja ao sol pendurada em um galho.

"Os cisnes vão ficar um pouco entediados lá o dia todo na poça, certo?"

"Não acredito. Eles fazem suas coisas."

Olhou para fora, a garota. Pareceu-me que nunca tinha olhado assim antes, porque suspirou. "Eu não acho que eles vão ficar entediados, não."

Perguntei a ela, para dizer alguma coisa, a que horas saíam os ônibus que eu deveria seguir.

Não faltava muito. Ainda podia tomar um café, se quisesse.

Eu não bebia café, fazia meu estômago enjoar e me deixava alerta demais.

"Sim, bom. Com espuminha."

Ela saiu e abaixou um alívio da minha cabeça para o chão. Uma nuvem branca. Eu não queria o café, queria ir embora, ficar lá fora, chorar, sair correndo.

Voltou como se tivesse tirado a xícara do bolso. O café estava morno e feio.

"Eu não vou comer mais o sanduíche... Eu poderia dar para os cisnes. Eu gostaria. Podemos ir?"

"Vá se quiser, sem problemas."

"Eu prefiro que você venha, se você não se importa. Eu não conheço os cisnes."

Não havia nada para conhecer. Eles eram apenas animais.

"Bem, mas eles são seus."

Não pertenciam a ninguém, não importava. Ela disse não, para quê, que eu fosse sozinho.

Um bate-papo sem desejo que durou pouco. Só um tempinho, porque sim, nós dois estávamos ao lado dos pássaros, jogando pãezinhos a eles.

"Não lhes dê presunto."

"Eles não gostam de presunto?"

"Eles adoram, mas se comem carne ficam loucos. Eles mordem uns aos outros e podem morder as pessoas."

Os cisnes tinham olhos vermelhos e eram, também, de um preto que brilhava. Pareciam pedras tiradas do fundo do mar, cascas de piche. Eles faziam você querer se aproximar e tocá-los para ver do que eram feitos. Comi o presunto e o queijo, joguei o resto do pão na água.

Quando eu tinha oito ou nove anos, havia patos e peixes em um parque. Naquele parque, agora, não há mais. Nós íamos com mamãe e papai, estacionávamos o carro na grama e passávamos a tarde ouvindo rádio. Gostaria de compartilhar algo daqueles dias com a garota da pousada. Eu teria gostado de dizer a ela que os patos no lago estavam sujos de fumaça e que papai escrevia em um bloco de papel pautado ideias para uma máquina para lavá-los ou desenhava diagramas com a frequência de seus grasnidos e as ondulações que geravam na superfície da água. Eu queria dizer a ela que mamãe respirava pela boca e sempre tossia; que deixava sua pele se desgastar ao sol como se quisesse ver o que havia por trás dela: seus músculos, seu esqueleto.

"A que horas os ônibus saem para a festa? Até que horas você trabalha?"

"Falta um tempinho. Ainda falta. Observe que os cisnes ficam parados, mas não dormem."

Sentamos no chão, porque nós dois estávamos bem assim. Observando os cisnes comendo pão, silenciosos sob o sol poente. Um tempo se passou e tentamos conversar um pouco mais. Não pudemos. Falamos sobre a mesma coisa.

Os cisnes dormiam, claro, mas não se notava. Não queria lhe dizer. Eu também não sabia. Eu era um menino. Os ônibus partiram, a festa passou, em algum lugar do mapa. Todas as cores do céu passavam pelas costas dos três cisnes. Nós ficamos quietos.

## Cuidar da zebra

Eles chamaram de turnê mundial, mas tocaram somente em seis ou sete países europeus. O mundo era outra coisa em 1964. Não essa bolinha que agora todos creem conhecer inteira, podendo segurá-la entre o polegar e o indicador e ver como ela se ilumina à noite com um bilhão de luzes amarelas. Por isso, quando as rádios diziam "Os Beatles querem conquistar o mundo", ninguém esperava que eles viajassem para o Brasil, Rússia, África do Sul. Todos os aguardavam na França, na Alemanha, em alguns países nórdicos, na Itália. A verdade era que, qualquer que fosse o mundo então, em 1964, antes de sua turnê mundial, os Beatles já o haviam fumado em um cachimbo. Assim dizia o vovô Liev, convencido da origem holandesa desse ditado e de quase todas as formas de sabedoria simples da cultura europeia. Vinha de uma expressão literal: a fumaça emitida pelo cachimbo representava a selvageria de quem comia o fogo e o cuspia para o ar e, além disso, era um dos mais conhecidos rituais de reconciliação: "fumar o cachimbo da paz."

Não era exatamente isso, fumar um cachimbo para o mundo, mas o vovô dizia isso, ele misturava as coisas e a verdade é que ele tinha razão. Um pouco de selvageria, um pouco de paz; no final, os Beatles e os *hippies* e toda a sua era tinham sido isso. Embora o cachimbo fosse um pouco forçado, servia ao vovô para mostrar erudição e proximidade cada vez que contava, novamente, a história em que ninguém acreditava.

Vovô sempre foi um homem branco corado. Ele sempre parecera alguém cabeça quente e um pouco bêbado. E era isso. Assim, vovô parecia ao que ele era, os outros pouco acreditavam nele.

Dizia que os quatro fumavam. Atracavam-se com o cachimbo e assim começavam. O substituto, embora não quisesse, foi obrigado a aprender a fumar de uma só vez. Era mais raro não fumar do que fumar naquela época, por isso diziam que Jimmy Nicol era um cara muito correto para a nova rebelião, agora franca, impensável então, que a banda ia apresentar ao mundo. Ringo tinha gripe ou pneumonia, algo pulmonar, e eles tiveram que contratar urgentemente um baterista que aprendia rápido.

"Eles o fizeram fumar, cortaram sua franja, o forçaram a ser engraçado. Você pode forçar alguém a ter engenhosidade." Quando o ouvia, queria que tudo o que o vovô dizia fosse verdade. Ele dizia as coisas tão bem que as tornavam necessárias.

Vovô tinha falado muito, tinha vivido muito. No mês passado, quando o vovô morreu, os outros se lembraram de algumas histórias. Eu me lembrei da turnê dos Beatles, o substituto de Ringo. Vovô sempre terminava sua história dizendo que escreveu uma carta para Ringo de um estábulo na Holanda.

Ele nos convenceu de que Ringo nunca deixava um telegrama sem ser lido, que era quase uma patologia, que a qualquer momento a resposta tinha que chegar.

Havia uma cópia da carta dentro de uma lata, em uma caixa, no armário de meu avô.

"Caro Sr. Starr,

Meu nome é Lievin Zondervaan e na próxima terça farei vinte anos. Assim como você, eu nasci no verão. Escrevo esta carta para você com a intenção de transmitir meu mais profundo respeito e admiração pelo seu trabalho. Senti o impulso de escrever quando vi uma manchete horrível. Creio que, hoje em dia, os jornais se aproveitaram de sua licença para exibir uma malícia que lhes é típica e que tem a ver com não tolerar o sucesso e a graça sem rachaduras ou escândalos. 'Os Beatles de sempre chegam: três gênios e um cara qualquer.' Uma dupla mentira, pois não acredito que nem você nem o Sr. Nicol sejam homens comuns ou da multidão, como sugerem as notícias. Muito pelo contrário. Mas os jornais, feitos para o povo, regozijam-se em recair sobre homens que se distinguem por sempre tentar expor as fraquezas. Eles também disseram que sua condição médica decorria de outras questões mais sombrias: vício em drogas, álcool e transtornos mentais. Não sabem admitir a simplicidade de um resfriado. Estou acostumado a lidar com esses exageros. Trabalho na Casa Real, e a crueldade com os habitantes do Palácio é constante.

    Cada espirro é o rumor de uma possível intriga e sucessão, de uma doença irreversível. Eu, que ando pelos corredores, que ando pelos jardins e estábulos, sei que quase não há momentos de ansiedade, que tudo é bastante rotineiro e tedioso. Meu trabalho também faz parte dessa rotina e, como o do Sr. Nicol, às vezes, é subestimado. Não estou tentando comparar, seria um absurdo, mas quero que vocês saibam que, parte da minha admiração, tem a ver com o fato de que, desde que seus primeiros discos chegaram ao país e se popularizaram, eu sabia que, dos quatro, era você quem cuidava da zebra. Oficialmente, eu cuido de animais. De todos: cabras, vacas, porcos e dos estranhos pássaros das Colônias. Mas a verdade é que lido mais com a zebra. As vacas não são estúpidas, nem as galinhas, nem os porcos. São animais mais inteligentes que cães, gatos ou mesmo alguns pássaros domesticados a que ensinamos a repetir nomes e frases inteligentes. As fazendas juntam, subordinam, combinam, misturam ruídos e cheiros para que a criação se torne uma atividade burocrática, uma manipulação de objetos. Mas, quando se levanta com o sol e se caminha pelos campos, pelos estábulos, vê-se os animais nascerem e morrerem, entende-se que ali acontece outra coisa.

O que quero dizer é que existe o que as pessoas veem e todo o resto. Existem muitos animais e eles circulam, mas a zebra é única. Ou deveria. É uma tradição, um dom. Quando comecei a trabalhar, eu era menino e os outros funcionários, experientes, me diziam: 'Você terá a honra de ser aquele que cuida da zebra.' A princípio, achei que era um elogio, uma forma de acolhimento, mas acabei sabendo que era uma forma de demonstrar desprezo.

As zebras são, por definição, animais selvagens. Nasceram para serem agressivas, ousadas. Elas têm que sobreviver ao cerco dos leões, estar sempre acordadas naquele matagal amarelo e hostil que é a savana. Elas vivem em pânico, transtornadas, porque essa é a sua forma natural de sobrevivência. A tensão. Elas mordem, comem as rédeas de couro, mastigam as mãos dos domadores. Elas têm o impulso migratório do rebanho; embora sejam parecidas, não têm nada a ver com burros ou cavalos.

A Zebra Real é, como eu disse, um presente que se tornou uma tradição. Se você não conhece, pode perguntar e descobrir, faz parte do folclore holandês: todo mês de agosto, pintada de laranja, a zebra comemora o Dia da Rainha com uma turnê mundial. Se cuidar de uma zebra é difícil, pintá-la é um ato heroico. Impossível, se você não ganhou a confiança dela antes. E eu a pinto inteira, sem aquele focinho. O segredo foi, eu acho, encontrar um nome. Tratavam o animal com gritos e onomatopeias. Quando perguntei como se chamava, disseram-me: 'a zebra.' Inútil. Como se bastasse apontar com o dedo cada ser do planeta e dizer: lá vai o humano, lá o macaco, lá a garça, o crocodilo.

    Eu a nomeei. Eu a chamei de Anna, como a garota da música. Aquela que vai com outro. Dei o nome da minha avó, mas os nomes coincidem e, muitas vezes, enquanto a escovo, canto essa melodia para ela. Anna aprendeu a me diferenciar dos outros, ela me deixou fazer isso, ela era minha amiga. Entre nós dois, montamos uma rotina, uma sequência de gestos compartilhados. Coisas que só Anna poderia fazer, coisas que só eu poderia fazer. O que somos juntos. Estive com ela na França, na Alemanha, na Inglaterra, na Suíça. Mostrando a submissão das Colônias à Coroa, como se ela ou eu nos importássemos com isso. Porque é por isso que eles pintam e desfilam, não para divertir e comemorar, para mostrar poder. Acredito que, se um dia a zebra morrer, será a mesma coisa que carregar um escravo em uma jaula. As pessoas não se importam. Quando estamos em feiras e desfiles, ninguém me vê, eles se aproximam da zebra laranja, sibilam para ela, tiram fotos. Eles não sabem que sem mim, Anna morderia metade de seus rostos.

    Quando os vi passar no barco de vidro, pelo canal, no centro, antes do concerto, a imagem recordou aqueles meus passeios com a Anna. A multidão aglomerada, os gritos: isso era novo, mas a forma como os quatro, submetidos à exibição, estavam quietos e atentos me parecia idêntica. Se eles quisessem, sinto que isso poderia ter sido um desastre. Quando fui ao concerto no Blokker, fiquei completamente convencido. Uma histeria que deixou fios de cabelo e poças de mijo no chão, a fumaça cobrindo tudo, os uivos e o palco pegando fogo com seus sons eletrônicos. Podia-se ver o tumulto chegando. Não se escutam tocar, é óbvio. Falam entre si, fazem coisas de memória. Uma coreografia, uma cena que repetem. Vi a zebra caminhar entre os cabos, dócil e alaranjada, e submeter-se. Eles tocaram 'She Loves You', 'I Want To Hold Your Hand', 'Please, Please Me'. Eles pararam e Paul disse algo que ninguém ouviu. Algo em holandês. Eu também não conseguia ouvir, embora estivesse perto, mas li seu nome nos lábios. 'Ringo', disse ele, olhando para o substituto, 'let's do it'. Ele usou seu nome, não disse Jimmy, nem Jim, mas começou assim mesmo. Eles tocaram mais algumas músicas e então aconteceu o que você já sabe, o caos.

 A polícia não conseguiu conter o que a princípio parecia uma abordagem amigável e terminou naquela demonstração de afeto que obrigou John, Paul e George a deixarem seus instrumentos no chão e fugir. Eu sentei lá com alguns outros. Enquanto as meninas e os meninos desarmavam o palco com golpes, enquanto arrancavam cabos para levar uma lembrança, um pedaço de você, Nicol ainda estava lá também, sentado em seu palco, tocando. Sozinho. Fez o que você teria feito, porque estava sendo você: seguiu com seu trabalho invisível, cuidando da zebra. Confio no rumor popular de que você lê e responde a todas as cartas que lhe enviam. Imagino que haverá mais e mais. A Rainha faz o mesmo, embora, no caso dela, o protocolo exige e seus colaboradores selecionam, leem e resumem."

A carta segue. Vovô deseja a Ringo uma rápida recuperação, repete mais algumas vezes que admira seu trabalho e o convida para ver Anna em um de seus próximos shows. A gente se acostumou na família a usar a frase "cuidar da zebra". Nós a oferecemos como uma resposta óbvia, como um conselho, como um consolo e um insulto, embora nenhum de nós entenda bem o que isso significa. Ontem, depois de cinquenta e seis anos, chegou, com três selos da Casa de Orange e três da alfândega de Bruxelas, a resposta de Ringo ao departamento de Buenos Aires que pertencia ao vovô e agora começa a ser nossa:

"Olá, Liev, obrigado por sua carta.

Você sabia qual é o animal mais velho do mundo?

A zebra: porque é em preto e branco.

Paz e amor.

Ringo."

## Uma vespa amarela

Uma artista entrou na floresta. Ela ficou parada. Desdobrou os tripés e ajustou as câmeras. Fez alguns testes. A princípio, não disse nada. Concordou com pontos de fuga, molduras, luz. Na segunda, testou o som. Disse:

"O barulho que o mar faz."

Há um sinal que diz tudo. Ocupa quase uma parede. Está assinado por um homem, um alemão. Começa dizendo: "Por qual caminho você entra em uma floresta?" Ele não menciona, mas sugere a frase popular: de um labirinto se sai por cima. "Haverá um começo para as árvores? Dirão eles algo parecido a des-daqui?" O texto é pretensioso. Comprido. Poucas pessoas param para ler tudo.

A partir da edição do vídeo, supõe-se que houve mais quatro tomadas de teste. Na quarta, a artista já está com a bengala na mão e a agita sem violência entre os arbustos. A move como misturando um ensopado ou caldeirão com queijo derretido. A move no ar como em um matagal.

Uma espécie de pólen dourado reverbera, um açúcar. Forma uma pequena nuvem entre os troncos. As árvores da floresta são velhas, com sulcos e recantos cobertos de musgo. Barbas verdes pendem deles. Há um vento e um zumbido, um barulho sobre o qual ela vai falar. Alguns planos apresentam sinais indicadores. Letras esculpidas em madeira e pintadas com acrílico branco. Dão orientações, alertam sobre o perigo de acender fogueiras, de não estarem atentos a deslizamentos de terra. Nomeiam plantas e animais. Um desses pôsteres retrata a vespa jaqueta amarela. A câmera para ali e treme como um pulso. É um inseto de origem alemã, introduzido no Chile em 1974 e atualmente difundido na região patagônica. Com essa mesma linguagem vazia, o cartaz indica que a vespa constrói ninhos aéreos e subterrâneos, que pode picar mais de uma vez com seu ferrão liso e que também morde. São mais agressivas durante o outono; pode ser mortal para quem sofre de alergias.

As precauções para evitar picadas são mostradas no vídeo uma a uma. Em cada caso, ela faz o contrário do que é indicado. A consequência óbvia é que as vespas a atacam. Ela tenta manter sempre a mesma expressão neutra, um gesto insípido de astronauta, mas a primeira picada força uma careta: estreita os olhos, range os dentes; uma tensão desce da mandíbula aos punhos como se dois vermes elétricos tivessem entrado em seus ouvidos. Fala com as vespas acima, ainda firme:

"O barulho que o mar faz é igual ao barulho que o vento faz entre as folhas das árvores altas..."

O texto que ocupa uma parede, em seu nome, assim que se entra na sala, diz que estamos acostumados a pensar cada elemento da floresta dentro de um sistema. Se uma ave se move, foge, se aproxima da presa, exibe uma forma de chamar a atenção para um possível acasalamento, cuida de seus filhotes, marca a fronteira de seu território.

As árvores são fábricas de seu próprio alimento verde, incansáveis processadoras de toxinas que são convertidas em oxigênio; cogumelos e cupins, as flores expondo sua genitália cega. Nada na floresta conhece a preguiça, a falta de sentido. Aprendemos a acreditar que tudo está fazendo alguma coisa, que a floresta funciona.

Ela se coça e dói, nota-se porque não se arranha. Durante dois minutos e meio ela é uma mulher que resiste a isso, a tocar a pele, a se acalmar. Crescem vergões que vão do rubor ao vermelho sólido, tornam-se azulados. Inflamações supuradas. Há um corte de câmera nos braços que incham em partes, depois *close-ups* na borda dos lábios, nos olhos que lacrimejam e ardem. Surge um muco nasal que umedece a voz quando ela diz:

"O barulho que o mar faz é o mesmo que o vento faz entre as folhas das árvores altas que não nos permitem ver o céu. É o mesmo que a neve e o gelo fazem quando não fazem barulho..."

A acústica da sala favorece a surpresa quando começam as tosses e espirros. Uma espécie de grasnido que ela provoca para coçar a garganta.

A voz com que ela termina de falar é a voz de outra pessoa.

O alemão que introduz a amostra com seu texto conclui dizendo que não há razão alguma. Que a vespa que pica e a mulher que morre fazem uma cena e só isso. Ele também diz que, por isso, nem o inseto nem o artista têm nomes.

E assim é. A obra, apesar de vermos o rosto, o corpo, de ouvirmos sua voz, de sabermos tudo sobre aquela mulher, não leva sua assinatura.

Supera um ataque de tosse rouca; vê-se sucumbir à asfixia: assobiando no peito, uma espécie de asma torna a voz sintética. Antes de ficar tonta e deixar seus olhos ficarem completamente brancos, antes de cair no que é conhecido como perder a consciência, ela ainda diz:

"O barulho do mar é igual ao barulho do vento através das folhas das árvores altas. É o mesmo que faz a madeira por dentro, a picada de uma vespa, a terra que nos recebe em silêncio."

# Nas costas de um porco

Há um ditado irlandês, uma frase que usamos. Quando estamos muito bem e tudo parece funcionar como deveria, dizemos que estamos "nas costas de um porco". Um livro muito popular, daqueles que se apoiam em mesas baixas e que compilam expressões curiosas de todo o mundo, representa com essa frase a Irlanda. Temos muitos outros ditos e provérbios. "Quem fica calado não perde amigos", "Sou como uma caixa de sapos", "Não há batalhas que se busquem, não há batalhas que são evitadas." Somos um povo que fala como se soubesse, um povo de sentenças.

A do porco é usada mais do que qualquer coisa como ironia. Eles perguntam como você está e a resposta é: "Ótimo, estou nas costas de um porco." Nós nunca somos sérios quando dizemos que estamos bem. Embora estejamos bem. Porque a verdade é que nos custa pouco estar bem. Sobretudo agora. Antes, é verdade, tínhamos mais privações. A gente se acostuma com a culpa. Se uma chamada interrompe nosso cochilo, nunca dizemos sim, que estávamos descansando. Se trocamos o carro, nunca fizemos um negócio tão bom, se as crianças são saudáveis, dizemos que "estão resfriadas". Tampouco falamos seriamente se as coisas vão mal. Se realmente estamos mal, também escondemos. Então a ideia de Paddy parecia mais uma ideia de ninguém.

Algo que cresceu de repente e apareceu atrás do *pub*, lamacento e enorme, já feito. O porco se chama Paul, mas todos nós o chamamos de "o porco". Há nomes que são inúteis. Às vezes também não usamos nossos nomes. Nós dizemos "Cordeiro", "Cavalo", "Pica", "Lama". Paddy o chamou de Paul e nos disse que do lado de fora em um curral estava Paul e qualquer um que tivesse bebido uma cerveja no bar poderia montá-lo. Ele era manso, calmo. Foi uma piada por um tempo. Coisa de bêbado. Até que ficou sério. Como aquela vez em que Molly passou flutuando atrás do balcão, três dias depois de enterrar Aidan, houve alguma mudança, ou quando ouvimos Lamb rir à meia-noite e o vimos entrar pela porta dos fundos distribuindo cervejas aos gritos. As pessoas começaram a ir ao chiqueiro, sentar no porco. Antes e depois, bebiam, iluminados, diziam: "Eu estou assim: montado no lombo do porco."

Nada acontece nas rochas, nos campos. E quando acontece, é fome, é ruína, é guerra. Quando isso acontece, acontece com todos. É difícil dizer eu sem dizer nós.

O padrão era óbvio e, embora não tenhamos falado sobre isso, acho que todos notamos.

Os que foram até o fundo para subir no animal estavam tristes. Separações, desemprego, mortes próximas, coisas ainda mais sombrias e difíceis de adivinhar, mas sólidas como pedras redondas colocadas nas costas. Eles podiam apenas passar um tempinho ou ficar horas. Ninguém interrompia. Ajudava a esperar. Para deixar fazer. Alguns voltavam para o *pub*, outros atravessavam a cerca, os poucos metros de campo, e saíam direto para a estrada.

Eu os via passar. Eu os sentia como o vento, como o gado. Algo que está lá, movendo-se no silêncio. Eu sou sempre o mesmo. Tenho minha rotina. Todos os dias arrumo minhas coisas, faço uma coisa de cada vez. Duas torradas e um café, a caminhada até a ponte, a bicicleta até o escritório, a tarde inteira com os olhos na tela do computador antigo; às vezes uma ou duas reuniões, almoçar em bandejas de plástico, ouvir os outros, falar pouco sobre mim, voltar para o *pub*, tomar duas canecas, ir para casa. Sou o que vê acontecer e não faz nada. Agora, aqui, a céu aberto, ainda vejo aqueles que fizeram sua pequena peregrinação. Malmo, Sarah, a filha dos Deleany. Uma fileira de entusiasmos suaves e repentinos. Uma nova maneira de rezar ou brincar sozinho, como bebês, como antes. As coisas acontecem assim. Agora, neste ar todo, sem rajadas de fumaça, ou luzes quentes, ou conversas, eu não me entendo completamente, assim como não os entendia. O que eu sei é que alguém disse "fora", alguém disse "mar", alguém disse "mamãe", alguém disse "tarde". O que eu sei é que terminei meio litro em um gole só. Coloquei as duas mãos no balcão para me segurar primeiro, depois, para sustentar o *pub*. Senti que, se não fizesse isso, o pub poderia desmoronar. O chão poderia afundar, um raio poderia dividir todos nós. O que sei é que entendi que era a minha vez. Apesar de sermos uma aldeia, um pedaço de colina, um pequeno país de nada, às vezes, não sabemos quem está ao nosso lado, mas sempre sabemos quando é a nossa vez. Se alguém me olhasse nos olhos, se exigisse que eu falasse, eu lhe diria: "Hoje é só mais um dia qualquer, hoje é o meu dia." Outra coisa que fazemos. Dizemos isso. Que não é nada. E nos entendemos. O que sei é que, se não tivesse nascido aqui, em vez de fazer o que fiz, teria colocado as mãos no rosto, teria comprado uma espingarda, teria gritado alto, teria chorado. Saí do banco e caminhei até a porta de madeira. Ninguém me viu ou disse nada. Eu me tornei um fantasma.

Me tornei outros. Saí. Do lado de fora, como nas igrejas, havia uma luz celestial pendurada em um poste. O porco, eu sabia, recebe a todos do mesmo jeito, levanta o focinho pedindo algo para comer. Há um balde com legumes que se podem escolher. A cada dois ou três dias, Paddy escreve PAUL no balde com giz. Peguei uma cebola e entreguei a ele. O porco engoliu e se agachou para me convidar para montar. Ele fez, como se costuma dizer, uma reverência.

Quando me inclinei em suas costas, vi como o vento empurrava as nuvens para o sul. Agora, aqui, sou parte do vento que sopra e deixa as estrelas livres, quietas e brilhantes, para fazer o que é seu. E no céu, que não é nada acima de nós, tudo parece funcionar como deveria. Como pode ser, Paul, que debaixo daquele céu haja este mundo?

# Lebres da Patagônia

Não era preciso ser médico para perceber: as coisas não iam bem. Demoravam. Seu trabalho o acostumara a prestar atenção aos gestos. No escritório, cada movimento, cada olhar era, além de um movimento, um olhar, outra coisa. A falta de interesse e a preguiça, a falta de entusiasmo em tarefas repetidas, transformaram Ramiro e seus companheiros em pessoas que trabalhavam para fingir e entender as aparências. Tinham aprendido a separar, quando algo os diferenciava, gestos, tons de voz, modos de calar. No torpor da morosidade administrativa, eles sabiam quando tudo estava normal, quando podiam continuar assim, deixando as horas pularem no vazio, ou quando tinham que desconfiar, levantar o nariz e prestar atenção porque "alguma coisa estava acontecendo".

Foi o mesmo no sanatório. O que começara fácil, burocrático e fluíra na tagarelice do tédio, agora se tornou sussurrado e denso. O funcionário do balcão disse para ele se sentar, que iam ligar de volta, que antes de dar o resultado tinham que fazer o boletim de ocorrência. Que ficasse calmo, só um tempinho, que na máquina tinha café, que no galão tinha água. Fria. Quente não.

"Quando chegar a hora, vão te chamar."

Ele limpou as mãos com um jato de álcool em gel e apoiou o polegar nos dentes da frente. Eles não doíam, mas o incomodavam. Ele estava lá para fazer uma radiografia panorâmica, um *check-up* de sua mordida e dentição geral.

Alguns dias antes das férias, ele começou a sentir que estava mastigando mal, que algo em sua mandíbula havia se deslocado. Valéria lhe dissera que a boca era a mesma, mas diferente.

"Diferente em quê?"

"No riso, você ri estranhamente. Como outra pessoa."

Durante os verões, dormia mal e agora, além disso, sofria de bruxismo. Passou suas férias acidentalmente mordendo o lábio inferior, fez um corte que nunca cicatrizou. Sentado, com a luz filtrada pelas cortinas cor de osso, distendeu a mordida e tentou relaxá-la. Na poltrona, que era macia e fresca, o sono acumulado começou a se enrolar em seu corpo como um gato gordo. Com uma revista na mão, virando as páginas sem ver, ele mergulhou em um estupor de pensamentos elétricos. Em poucos dias, sua carteira de motorista expirou, ele recebeu um *e-mail* lembrando-o da infração iminente. Havia uma fila crepitante de coisas para fazer antes do fim do ano. Essa era uma, outras: pagar a colônia de férias, o cartão de crédito, devolver para a mãe as espreguiçadeiras que estavam no porta-malas do carro desde dezembro, consertar a torneira da pia, ordenar os horários do pessoal, terminar o relatório semestral de São Miguel que já estava um mês atrasado, inscrever-se no Ingressos Brutos, averiguar se havia um plano de internet mais conveniente, alguma oferta sazonal que permitisse reduzir gastos. Tinha que gerenciar o aumento atrasado, ver o que era aquele barulho constante na parte inferior do banco do passageiro. Tinha que engraxar os sapatos. Ele sempre se esquecia de engraxar os sapatos.

O registro foi feito em uma pista com paisagens de chapas metálicas pintadas, com animais robotizados vestidos de policiais e carteiros (raposas, alces, esquilos) emergindo de trás dos arbustos rígidos. Não pegava bem fazer recados com sapatos embotados pela poeira. Tinha que dar a volta na pista em um *kart* amarelo com o número 33 pintado no capô, dentro de um círculo azul-claro. Essa era uma tarefa sua e Ramiro dava voltas. As campainhas soavam, gritavam com ele, mas ele não queria parar, não podia, porque, se parasse, veriam que ainda tinha que pagar umas multas, terminar o relatório semestral, combinar um valor decente que igualaria seu salário à inflação. Iam reparar naqueles sapatos tão pouco apresentáveis.

"Está bem?"

"Sim, perdão."

"Sem problemas, parece que pegou no sono. Tem certeza de que está bem?"

Estava bem, sim, cansado. Estava sempre cansado. Então estava como sempre.

"Isso dói?"
"O quê?"
"Venha."
"Algum problema?"
"Nenhum."

Da grande sala de espera, ele foi conduzido a um corredor cheio de cadeiras de plástico enfileiradas. Uma parede de ladrilhos minúsculos, quatro portas brancas idênticas, cada uma com seu próprio número preto. Escritórios. Ele não esperou muito. Estava só. Uma garota que parecia ter acabado de sair do ensino médio disse a ele que o médico (ele nunca havia visto um médico) havia pedido por rotina uma tomografia. Na tela de um computador antigo, viu um raio X do perfil de seu crânio. Ele disse seu primeiro nome, seu sobrenome, alguns números e, em uma nota manuscrita, alguém havia escrito oryctolagus/piriforme (síndrome causada pela compressão do nervo ciático pelo músculo piriforme). Não era nada que ele entendesse, então isso o assustou. Fizeram-no deitar e colocaram-no num tomógrafo tubular que, pela lentidão dos movimentos, pelos ruídos e pelo desenho, parecia fazer parte do cenário de uma série de ficção científica antiga: Star Trek, Perdidos no Espaço. Ou aquele outro boneco de pálpebras enormes que o assustava. Como os meninos de antes aguentavam esses fantoches? Que bravura arcaica lhes permitiu ver isso sem gritar alto? Luzes celestiais e zumbidos o devolveram à letargia. Embora parecesse muito mais, tudo durou nove minutos. Voltou a dormir pensando na preeminência da cor púrpura nas roupas daqueles viajantes intergalácticos.

    O cheiro de avião no tubo o levou de volta às férias. No sul. Umas férias raras. Eles sempre iam para o mar, mas dessa vez conseguiram um pacote barato para Bariloche. Procuravam uma tranquilidade diferente. Eles olharam para fotos de lagos cor de esmeralda e assistiram a vídeos de teleféricos cruzando um silêncio marciano. Vídeos verticais de pessoas solitárias, flutuando entre os pinheiros e a neve, os tojos amarelos. Eles haviam voltado para a cidade há alguns dias, mas ainda era difícil para ele estar lá. Ele tinha a sensação de estar vivendo errado; ser algo que não era necessário. Seus pés estavam descalços, afundados no lago. Valéria havia perguntado várias vezes, tirando mil fotos daqueles céus sem fim da Patagônia: "O que estamos fazendo morando em Buenos Aires?"

    A cabana de pedra, a escola rural, parecia uma vida possível. Uma vez lá, eles não se lembraram do medo e da ansiedade pelos insetos e infecções.

    Disseram nos jornais, durante os três meses que se passaram entre a compra das passagens e a viagem, que um vírus se espalhou entre os lagos, em algumas partes do campo, nos vales, nos parques nacionais. Uma praga de lebres que enlouqueceram e desceram das florestas e montanhas para morder e saquear e se envenenar para explorar as margens. Até o último dia, cada um por seu lado, sem dizer, em silêncio, buscou informações, navegou até encontrar os sites que oficialmente tiraram o medo. Assim que voltaram de lá, certos de que eles e os meninos estavam livres de febre e diarreia, riram de seu medo. Contaram algumas das notícias que haviam encontrado. Disseram: "É para um conto." Mas eles também disseram: "Temos que parar de ser assim."

Os animais enchiam a barriga com sementes que apareciam na primavera e que os faziam levantar uma febre eufórica. Aqueles que não morreram sozinhos, pularam e correram para a água gelada dos lagos, reconheceram outros, mas sem aroma, sem reação aos próprios gestos no reflexo e lançaram-se para lutar contra essas outras lebres que eram elas mesmas até ambos morrerem, o real, o imaginado, afogados e depois bicados pelos peixes e pelos patos. Embora soubessem nadar, enlouquecidos, esqueceram seus reflexos tentando ferir aqueles animais fantasmas.

Na tomografia, Ramiro sonhava com a imprudência de seus passeios pela mata e pelas praias. Viu como seus filhos, a própria Valéria, passavam as mãos nuas no dorso das murtas, jogavam pedras redondas no lago e depois, sem se lavar, comiam sanduíches, queijo e pedaços de chocolate. Ele gritava para não fazerem isso, que era perigoso, mas eles não ouviam. Nem Valéria, nem os meninos, nem ele mesmo.

Um cara o ajudou a sair do *scanner* e da maca. Ele não disse nada. Embora Ramiro lhe fizesse algumas perguntas lógicas, ele não respondeu. Era um cara alto, muito alto. Ramiro o observava de baixo. Um colombiano ou venezuelano vestido com um daqueles macacões verde--água que parecem feitos de papel. Como se Ramiro fosse um menino, o cara apertou sua mão e o levou para um escritório um andar abaixo.

Um médico velho entrou. Sem se apresentar, ele apontou uma luz para os olhos, disse para ele mostrar a língua. Ele se aproximou do pescoço e cheirou.

"Pode esperar? Você pode ficar parado assim?"

Ramiro concordou. Ele queria dizer que sim, perguntar para quê, mas uma tosse seca o atacou.

Uma enfermeira abriu a porta e perguntou se ele era ele. Claro que era ele. O que acontecia com os dentes?

Os dentes estavam bem. Teriam que tirar sangue. Um pouquinho, nada demais. Quando o sangue foi retirado, ele desmaiou. Sempre. Pediu que o deitassem, que o deixassem esticar as pernas, disse-lhes que era sempre assim. Mais do que um medo, um hábito.

Ele olhou para o lado, o quarto estava cinza. Ou sépia. Tudo estava sem cor. Havia aqueles tubos de vidro que são sempre classificados com fita de papel, embora maior, um almanaque com a Colina das Sete Cores que dizia "Laboratório Sciarreta, saúde natural". Ele sentiu a agulha e olhou para seu braço: um reflexo. O sangue negro e grosso encheu a seringa como uma lâmpada de lava. Seu braço, antes de desmaiar, parecia peludo e fibroso como a pata de um cachorro. Ele estava mastigando umas bagas roxas e o céu era ao mesmo tempo o laranja da tarde, o azul prateado da manhã, a noite escura. Valéria o acariciou, os meninos correram na grama. Disse-lhe, de novo, mil vezes mais "O que fazemos vivendo assim?"

Ramiro não respondeu nada, não conseguia falar, desmaiava, era um sonho pesado, mas a resposta estava por trás, como mais um elemento do cenário: somos do tipo que querem fazer as coisas, mas não fazem; somos os que olhamos para o céu; somos os que comemos o que lhes é dado; somos os que não sabemos correr para o mato.

Quando acordou, estava em outro lugar. Um lugar escuro. Nem escritório nem depósito: algo entre essas duas coisas. As mesas eram altas, enormes, e para ele, por causa dos tratamentos, por causa das horas passadas entre os estudos, parecia que seu corpo se tornara esponjoso e macio. Um encurtamento, uma preguiça. Isso o fez querer estar no chão, enrolado contra a parede.

Se aquela coisa redonda que ele podia ver do canto em que estava era a maçaneta da porta, ela se tornou inalcançável. Ele poderia continuar sonhando ou ser sedado. Eles o injetaram com alguma coisa? Esperou.

Cresceu no ar um cheiro de sopa, uma mistura, e então cada um dos elementos clareou aos poucos: legumes soltos, caldo de galinha, soro, sangue, desinfetante, perfume das pessoas que passavam; cheiros horríveis e sofisticados. Seus olhos se ajustaram à escuridão e ele rastejou. Um movimento mais natural, mais possível do que ficar em pé. Havia um armário de remédios de metal no chão. Lá ele viu o reflexo de uma lebre olhando para ele, com olhos vermelhos, desconfiados. Ele tentou cheirá-la, mas não tinha cheiro. Ao mesmo tempo, ambos se cheiraram, sem medo, eles se afastaram. O cheiro de legumes vinha de um prato fundo colocado de lado. Brócolis mal cozidos, algumas fatias de cenoura. Ramiro mastigou sem fome. Embora seu coração estivesse batendo em seu peito, ele não se sentia tão sereno há muito tempo.

A porta se abriu e Valéria entrou: eram dois pés em um par de sandálias, um turbilhão de flores secas e cremes espalhados. Ele a enrolou em uma toalha e a tirou de lá. Ela fez um barulho com a boca. Uma daquelas brincadeiras que são feitas para os bebês se acalmarem. Quando fechou a porta, a outra lebre ainda estava lá, focinho para cima, cutucando desconfiada a escuridão do metal brilhante.

# A alma de uma raposa

É por isso que Facundo, ao ver José, grisalho e mirrado, curvado num gesto que o tensiona da cintura aos óculos, separando a pele da carne nas placas de metal com o bisturi, vê um menino que está jogando.

A casa parece ter sido tecida por uma avó; a luz sempre se encontra com círculos e ondulações que a recortam, e pastas bordadas são projetadas nas paredes. Há uma penugem suave no ar, um sabor frutado que flutua sobre o cheiro sintético dos fluidos e das peças.

José chama os animais mortos de "peças". Ele também os chama de "ferramentas". Tudo em seu ateliê é uma peça, um componente, uma ferramenta. Embora Facundo esteja presente, José fala consigo mesmo. Enquanto ele encaixa, inventa e molda, se queixa.

"As pessoas não entendem completamente que não precisam inspecionar a peça antes de entregá-la", diz José. "Elas querem fazer coisas que não sabem fazer e fazem uma bagunça. Embrulham os canários em sacos plásticos, as corujas: acreditam que os pedaços são figos secos ou caroços de ameixa. Elas não pensam."

Se ele não estivesse lá por tanto tempo, se algo seu tivesse morrido: um cachorro, um gato, um papagaio azul-celeste, uma iguana, Facundo teria feito o mesmo, mas agora ele sabe que os animais mortos, para que as penas e os pelos não sejam estragados e para que o processo de fermentação não acelere, devem ser embrulhados em papel. Estar ali era aprender. Além de tudo. Saber como as coisas eram feitas. Facundo não escuta José o tempo todo. Está, mas se ausenta. Não consegue manter sua atenção no mesmo lugar. Ele vem e vai, desliga e liga, ondula. Ele acaba entendendo alguma coisa, porque José se repete. José fala baixo e para dentro: um arrulho raivoso, um barulhinho de folhas secas que se dissolve antes de coagular em sons pesados. Para aprender, é uma sorte que seja assim. Juntos e sozinhos.

Com atenção concentrada e dispersa. Juntos e sozinhos. Nenhuma conversa. Facundo sabe que depenar sabiás, cortar fios em forma de garras e bicos, pintar olhos de plástico ou injetar produtos químicos em cobras mortas foram para José o mesmo que brincar com robôs e soldados para outros meninos. Agora, Facundo vê as fotos dos bichinhos pregadas na parede com tachinhas. As posturas, o jeito de ficar quieto de cada gato e de cada pequinês, das cobaias e dos papagaios. José pede essas fotos aos que ele chama de clientes domésticos. Há outros: clientes caçadores, clientes colecionadores.

As domésticas são as preferidas de José. Nessas fotos, José encontra e marca com fibras as expressões dos animais. Circula e escreve: "atenção", "melancolia", "euforia". Ao vê-lo trabalhar, Facundo descobriu que não apenas cães e gatos seguem padrões e códigos compartilhados com seus donos: eles também têm seu jeito único de olhar para melros e iguanas, seu jeito especial de curvar o pescoço mostrando submissão ou altivez, de arrepiar suas penas para agradar, de sinalizar seu carinho com o rabo ou com a crista. O corpo de Facundo, dócil, com suas restrições, os imita.

A luz é sempre fraca, o ar é sempre pesado. Você sempre vê aquelas partículas de poeira flutuando no estúdio. Que são? Restos de cabelo cortado, resina e limalhas de osso, sujeira que cães mortos trouxeram em suas unhas de uma vida anterior de parques e passeios? Eles caem em uma caixa transparente cheia de olhos de plástico e vidro; flutuam sobre as pinças e bisturis, os potes de sais, os mapas de anatomia desenhada. Entre Facundo e José, salpicando os raios de luz, essa poeira borra a cena como se o vento batesse na antena de uma televisão. Há, no quarto, uma chuva. Nessa chuva, secas, paradas, estão eles.

A primeira coisa que José faz é retirar a pele. Nesse passo, o cadáver torna-se um objeto. Sem pele, o animal é apenas carne: quando o pelo, escamas ou penas se desprendem, é como se a alma fosse retirada do corpo.

Então ele explicou uma vez a um cliente doméstico.

"A alma é a pele?"

"É provável. Pode ser isso ou outra coisa. Mas não a carne."

Num só pedaço, com uma faca, José extrai a alma dos animais.

Antes de levá-lo até lá, amarrando-o à cadeira, José mostrou a Facundo os frascos com os olhos em sua caminhonete. Ele disse que havia olhos de todos os animais possíveis. Pelo menos um par de cada. Ele disse que era um erro comum supervalorizar os olhos. Ele enfiou a mão em uma jarra e tirou uma bola de âmbar, macia e suculenta como uma azeitona.

"Você acha que o amor pode entrar aqui, a alma de uma raposa?"

Não. Raposas são mais, o amor, outra coisa. Os olhos não podem fazer muito.

O procedimento é bastante mecânico. Depois de retirar a pele, José salga-a e hidrata-a. Uma série de passos aprendidos formam uma sequência regular até que o modelo seja alcançado. Visto mais de uma ou duas vezes, tudo é chato até que a peça seja apresentada. Facundo celebra o momento em que José começa a dar forma à escultura em gesso ou poliuretano. Quando José costura, curvado na cadeira, as partes de couro em cima dos moldes; quando ele insere os olhos de brinquedo nos orifícios, os palatos e as línguas duras; quando retoca a cor dos cabelos, as fendas das narinas com o aerógrafo, Facundo sente que dentro dele se acende uma luz.

Ele não força o afeto, vê o amor desinteressado, a caridade que José aplica às carcaças de pássaros e esquilos, e o altruísmo o comove: um homem sem orgulho, dedicado inteiramente ao seu trabalho. Em momentos como esse, o medo se foi e surgiu uma intimidade compartilhada. Um calor sem barulho.

José, com as mãos enluvadas, sempre cheirando a desinfetante, tentando vencer a morte com aquela crua sobrevivência, dos ainda ressuscitados, não pede nada mais do que estar ali quietinho para vê-lo. Não é muito. Não é nada. O que você tinha antes, Facundo? Sujeira entre as unhas, bico ereto e colorido? Tinha olhos carnudos, penas nos braços? Outro uso melhor para peles, para gestos domésticos, para impulsos selvagens? Já não sabe. Quando tocam a campainha e sobem as escadas, quando José dorme, quando vai comprar comida e materiais, Facundo poderia escapar. Não há vigilância, não há armadilhas, não há medo. Mas algo o deixa quieto e feliz naquele canto compartilhado. Não é a ataxia, nessa altura ele sabe, não são as injeções. É um calor tranquilo. É estar melhor. Aprender. Essa quietude na luz e na poeira, no segredo, é uma nova maneira de aproveitar sua carne, seus nervos e sua pele; um modo de ser, como qualquer outro, que José chama indistintamente, quando esfola um corpo e joga os restos em uma lixeira celeste, de amor. Ou de alma.

## Papai Dragão

A beira da estrada poderia ser mar, poderia ser espuma, mas é pedra e é sal.

Para onde vou, se tudo é branco?

Branco sobre branco.

O dia está se formando e dirijo. Falta muito.

Esfrego os olhos para me livrar do sono e as faíscas de luz arranham minhas pálpebras. Tudo é tão seco. Como sal marinho na espuma.

Papai levantava espuma da areia. Soprava e me molhava o rosto com flocos de água salgada.

O dia na estrada é uma exalação de fogo. A placa marca cinquenta e dois graus em números finos, luminosos e laranja. Refresco-me na espuma imaginada.

Não há outros carros e uma linha sinuosa de cascalho pode ser vista à frente. Às vezes eu subo, às vezes desço. Aparecem e desaparecem, nos pequenos trechos de asfalto, espelhos de água que plantam um sol desbotado no chão. Eu me entretenho contando miragens. Passando da espuma à maré vazante: poças de água no balneário da infância. Nessas poças, silhuetas desajeitadas saltam e se refletem. Ondulam como animaizinhos magrinhos, sobem em si mesmos. Os meninos da praia. Os meninos grandes de um verão quando eu tinha seis anos. Do único verão em que eu tinha seis anos.

    Eu estava sentado nos ombros de papai. Seus ossos fortes doíam. Como não há nada na paisagem: pedra branca e cinzenta, sal, vejo adiante a neblina que estagna sobre o mar. O mar dos seis anos. Ouço os gritos dos meninos brincando na praia. É tudo corrida, empurrões, insultos. Lá em cima do papai, posso vê-los nadando no píer. Eles voltam salgados para a areia seca pedindo que sejam informados de que horas eram, se poderiam quebrar seus próprios recordes.

    Estou envolto em cal, à luz de leite em pó, branco sobre branco, vou andando pelo caminho e tento adivinhar que caras tinham aqueles meninos da praia então, que caras terão esses meninos da praia agora.

    Não há pássaros, nem nada parecido com azul no céu. Pela primeira vez desde que peguei a estrada, eu choro.

    Não aprendi o choro de um adulto; alguém que veio depois de que chorar era a maneira natural de dizer as coisas. Depois dos seis anos, chorar é difícil para mim.

    Pela primeira vez desde que o médico disse: "Está fora de nossas mãos. É questão de tempo." O roteiro de um milhão de atores coadjuvantes; uma cena das novelas desbotadas que minha avó assistia na televisão de tubo. "Você deveria vir rápido. Podem ser horas, podem ser dias. Está mal."

Não tenho registro das velocidades, mas os meninos da praia eram rápidos. Especialmente um. Cada vez que lhe diziam as horas, aplaudiam-no. Ele mesmo comemorou: "Sou o recordista."

Tenho sal molhado perto dos olhos, tenho essa espuma; as faíscas do mar que meu pai sopra de suas mãos enormes: juntas e em concha oferecidas como oferecem os bombeiros ou santos ou super-heróis que ajudam as vítimas de um vilão a sair de baixo de um ônibus escolar.

"O que é espuma, papai?"

"A espuma é a luz que se sopra."

Em cima da areia e do caminho oleoso, as silhuetas saem do desnível do caminho, empurram-se para mergulhar primeiro no mar e nadar como se entendessem as regras do jogo proposto pelas ondas. Eles são meninos, eles não sabem. Nem eu. De cima dos ombros de papai, segurando seu cabelo crespo, eu os admiro.

Que coisas são ditas, que palavras são passadas de um para o outro como um *frisbee*? O que os torna tão brilhantes e atraentes, expostos à água e ao sol, cheios de areia? Eu os admiro e eles me assustam. Meu pai não sabe que toda a minha atenção está lá. Papai me sacode, inventa uma coisa desajeitada: para a frente e para trás, ele me balança, me faz gritar, ele se diverte. Gosto de ser o que sou para papai. Um brinquedo. Sou um menino de seis anos e percebo isso. Eu sou algo diferente daqueles outros que brincam na areia. Não quero ser grande, quero ser o que sou com papai. Estar sempre lá em cima.

"O que é espuma, papai?"

"A espuma é a luz que se sopra."

E a luz, toda a luz branca e salgada, é o que suas mãos em concha levantam e sopra em meu rosto.

Como é a sua voz quando fala comigo? Como era sua voz quando falava comigo?

Todos na minha cabeça temos a minha voz naquela tarde na praia: ele, os meninos grandes, o mar, a mulher pedindo socorro, os sorveteiros, as gaivotas, eu. Quando eu me lembrar um dia, esse silêncio no carro, essa rota branca, também terá minha voz: não há memórias sem mim.

Existe uma boca. Uma mulher gritando por socorro. Não há olhos, nariz ou qualquer outra coisa. Há uma boca de mulher que clama por socorro com a minha voz. Ela diz "ajuda", mas eu digo "socorro" e desse grito faço emergir uma mão comprida que aponta para um ponto entre as ondas: um dos meninos que brincava na praia, pequenino agora, afundado na beira do mar, remoto, que insiste sem poder.

Esse menino também tem a minha voz, mas é a minha voz quando não é ouvida. A voz que, do outro lado da linha, respondeu ao doutor da novela que claro, que o quanto antes, que entendia e agradecia, que ia me cuidar. Os meninos da praia param de se mexer como se estivessem envoltos em gelatina: não sabem o que fazer com aquele mar assassino, aquele mar de mandíbulas. Quando param de brincar e se empurrar, pulando na praia, o sol já está alaranjado e redondo como uma torta de abóbora e vejo pelo para-brisa que já está estagnado no ar, antes de bater no chão, a suave névoa que a aurora arrastava da noite.

 O branco se foi e há um horizonte. Dirijo. Por cima dos ombros, olhando também para o mar, vejo como a espuma se cristaliza e endurece, como, no meio da frase e no ar, os gritos se tornassem centrais, secassem e os braços pendentes continuassem pendurados, os que se inclinam em suas próprias cinturas e ficam parados ali. E, enquanto a cabecinha afunda na beira do mar, nenhuma onda quebra na praia, nenhum sorvete derrete, ninguém consegue beijar ou soltar as mãos. Eu sei sem ver. Tudo para e eu cresço. É tão claro. Eu sei que todos os bocejos estão congelados, as curvas de fumaça, o rubor para de aquecer em todas as bochechas. E, nessa quietude, eu caio de seus ombros no chão.

 A única coisa que se move são suas asas. Em princípio mal intuídas, poros ásperos abrindo as bocas de peixinhos em suas omoplatas. Então a primeira linha de penas pretas e brancas, os braços subitamente estendidos em cruz e pés flutuando acima da areia. Penas e escamas azuis-claras, verdes, douradas cobrindo as mãos e as costas, pernas unidas no chicote de uma cauda afiada: do chão, ainda um pouco maltratado, caído, posso ver o voo baixo de seu corpo de dragão sobre as ondas; eu posso vê-lo enfiando os arcos e os disjuntores, a espuma se enrolando com um movimento de saca-rolhas, a ponto de suplicar que se afogue. No último momento dos meus seis anos de vida, eu o vejo atravessar a estrada vazia, atrás do para-brisa, voar sobre as ondas do mar enquanto tudo no mundo fica parado. Eu o vejo resgatar o menino com mandíbulas delicadas; trazê-lo entre as asas e colocá-lo de costas na areia.

"Esse é o seu pai?" Todos eles dizem na minha voz e apontam para as escamas ainda brilhantes e molhadas nas costas dele.

"Foi seu pai quem salvou nosso amigo?"

E eu respondo a eles.

Ele voa para os penhascos de pedra que margeiam a rota, para sua caverna do dragão.

E eu acelero.

## Eu te amo, polvo

Uma mulher está sozinha. Uma mulher tem trinta e sete anos. Uma mulher visita um aquário em um país estrangeiro. Austrália. Colômbia. Estados Unidos. Uma mulher se apaixona por um polvo.

Uma mulher volta para casa. É um hotel, na verdade, não é a casa dela, mas ela chama de lar. Naquela casa, ela tenta espantar o que lhe parece um sintoma bizarro. Uma mulher faz chá, liga a TV. Eles mostram um programa político e, por ser de um país estrangeiro, uma mulher sai e olha para ele como se estivesse olhando para um pátio de escola cheio de criancinhas que não são dela. A indiferença da mulher se transforma em introspecção. Há um excesso hormonal, algo que não funciona. A mulher tem que se deitar na poltrona dupla. Um pouco arranhada. Ela tem que acariciar seu clitóris e chupar todos os dedos. Ela tem um orgasmo lento e culpado, mas cede ao fascínio.

Uma mulher volta ao aquário, coloca a mão no tanque o tempo suficiente para um cara da manutenção perguntar se ela está bem, dizer "senhora".

"Onde se compra um polvo?"

"Para comer?"

"Um polvo assim, como esse, um polvo vivo. Onde podemos encontrar?"

O menino não sabe, mas dá um jeito de levar uma mulher para um escritório onde eles a orientam. Uma mulher é avisada de que o polvo não está nem perto de um animal doméstico. Uma mulher esclarece que de forma alguma quer domar alguém.

A mulher finalmente consegue um polvo, não sem problemas, ou pagamentos de comissões, não sem ignorar as leis de proteção ao patrimônio, as regulamentações bromatológicas. Ela escolhe ir para um lugar decadente, em um subúrbio, para ter ali seu primeiro encontro. Tinha provado outras experiências frias no centro, não havia encontrado uma mulher com a conexão necessária. Aquela corrente elétrica que uma mulher assumia vibrando cada vez que o amor verdadeiro aparecia. Havia andado sozinha por ruas que cheiravam a frutas mortas e óleo queimado, havia aberto uma porta de madeira que dava para uma luz azul, havia percorrido um corredor, havia chegado a um lago. Uma mulher havia encontrado um polvo que, desta vez, estava olhando para ela.

Um polvo se move de um lago para um tanque de peixes. Assim que entra, os tentáculos transbordam, anda em círculos, desconfia. Uma mulher o acalma, o nomeia, pede que tenha paciência, que, pouco a pouco, vão se conhecendo. Uma mulher acaricia os braços de um polvo enquanto dirige. Em um desses braços, o polvo tem um pênis. A mulher gosta de se deixar enrolar, passar os dedos pelo animal sem saber o que é um tentáculo plano, que é tecido erétil.

Uma mulher decide como compartilhar a vida com um polvo. Não está interessada em forçar situações, ela quer que tudo aconteça naturalmente, que flua. Ela usa essa palavra com frequência quando diz a suas amigas que está começando um relacionamento. Fluía.

Substitui as paredes por vidro e água, faz um aquário móvel que permite passeios, encontros esporádicos em parques e terraços.

O tempo lhe parece longo e, depois de esperar sem sucesso, descobre que um polvo precisa da fêmea para assumir a liderança. São animais tímidos. Essa modéstia é um dos modos que sua inteligência adota. Na água, sem roupa, uma mulher avança em direção a um polvo, aproximando-se o suficiente para que este estique um dos braços e a toque. O terceiro braço da direita tem um sulco profundo entre as duas fileiras de ventosas e uma extremidade em forma de colher. O galanteio de um polvo serve a uma mulher: aperta, solta, nada entre suas pernas, envolve seus músculos do peito até o ponto de sufocar. Ele a solta em um suspiro e avança para inserir seu braço. O acasalamento é curto, mas um polvo pode fazer a mesma coisa quase sem interrupção, várias vezes ao dia.

Uma mulher se acostuma com essa rotina. Às mudanças de cor, ao alongamento. Encontram, entre os dois, uma ginástica, um hábito coreográfico.

Um polvo é circunspecto. Fica nos cantos, entre as pedras, pouco dado.

Numa tarde de verão, úmida, mas fora da água, enrolada em uma toalha, com a pele ainda marcada pela sucção, uma mulher diz a um polvo:

"Eu te amo, polvo."

Um polvo não diz nada, porque é um polvo.

Uma mulher repete:

"Polvo, eu te amo."

Um polvo não diz nada, porque é um polvo.

Naquilo que era esponjoso e macio e lubrificado, uma aspereza se abre. Uma mulher deixa passar, ela não comenta, mas é uma farpa que não estava lá e incomoda. Um polvo continua a acomodar a exibição cíclica de seu instinto nas bordas de seu mundo aquático. Torna-se marrom como uma rocha e repousa ao cair da noite, procurando na superfície os restos de escamas granuladas para alimentá-lo, copula e abraça, impulsiona-se insensatamente com seu corpo redondo em ondas irregulares de espuma.

Uma mulher acredita que eles devem se encontrar mais e de outra forma, renovar o vínculo.

Procura em um polvo sinais de reaproximação, de empatia; procura mostrar-lhe um caminho para as suas necessidades.

Prova, com desagrado, técnicas de adestramento, investiga em manuais, consulta zoólogos e depara com um profissional que se diz especialista em relações interespécies. Com ele estão um polvo e uma mulher.

Uma mulher paga sua consulta por três semanas, mas percebe que não há progresso.

Uma mulher pede a um polvo que saiba ver o que perde, o que ela fez e deixou de fazer por ele, o que eles construíram juntos.

O polvo não sabe ver que a mulher lhe pede, porque é um polvo.

Pede-lhe que se torne mulher.

O polvo não se torna, porque é um polvo.

Uma mulher perde a paciência e vai da exasperação ao desinteresse, ao desprezo. Ver um polvo fazer o que um polvo faz a repugna. Para de oferecer seu corpo, apenas lhe dá comida.

Em momentos de crise, há cenas violentas. Uma mulher quebra um aquário com seis golpes. Usa as costas de uma cadeira de madeira. Quando a água transborda, um polvo fica se contorcendo no chão, lutando com o ar, sufocando. Uma mulher olha para ele por um tempo, ela poderia deixá-lo morrer ali, colocá-lo em um saco, seguir em frente. Prefere levantá-lo quase inerte, encher a banheira com água, apoiá-lo e deixá-lo afundar, revivê-lo. Uma mulher chora, acaricia e beija um polvo. Uma mulher está sozinha em um banheiro com um polvo.

"Nós vamos ficar bem", diz ela.

E o polvo pulsa novamente, revive sem dizer nada, porque é um polvo.

## Deus e os besouros

Alguém muito inteligente respondeu a uma pergunta estúpida com uma piada. Poderia ter sido Einstein, Hawks ou Turing. Alguém das ciências exatas. Um físico ou um matemático se supunha superior em seu intelecto a todos os outros homens sem que ninguém soubesse muito bem por quê. Não um cara simples com astúcia. Alguém com autoridade.

A piada surgiu em uma entrevista. Havia um Deus criador no mundo?

O cientista não tinha certeza, mas se havia um, ele deve ter uma afeição excessiva por besouros. Aquele Deus eventual e entusiástico deu vida, tanto quanto ele podia contar, a nada menos que quatrocentas e cinquenta mil espécies da mesma criatura.

Ele não sabia quando ouvira essa resposta pela primeira vez. Agora ele chamava de "piada" e era sua. Ele a usara para desarmar debates com amigos católicos, para se fazer de bobo, para mostrar arbitrariedades, tolices.

Não era possível defender seriamente um Deus tão excêntrico: havia muitos besouros e não havia uma letra na Bíblia que explicasse por quê.

"Você conhece a piada sobre Deus e os besouros?"

"Sim. Você me disse."

"Quem disse isso? Você se lembra?"

"Não sei. Freud?"

Era impossível que tivessem estado ali desde o início, mas não disse nada para ela para não a preocupar. Melhor não compartilhar ansiedades. Ela não sabia esconder. Mesmo que ela ficasse calada, mesmo que nunca mais falasse sobre isso, o que ele disse a mudou e fez suas mãos ficarem tensas, sua voz apertada: os meninos perceberam que algo estava errado e se contraíram. Desde que viviam ali, a única coisa que tinham era um fluxo harmonioso, uma ausência de choques. Aquele jeito artificial de ficar calmo. Por isso, independentemente de ter certeza, guardou para si sua preocupação e decidiu que, já que haviam aparecido, o melhor era transformá-los em surpresa. De forma a tornar esse dia diferente, destacá-lo.

Havia dois deles e eles eram idênticos. Verdes, prateados, com arco-íris que escorregavam oleosamente em sua crosta teimosa. Enquanto caminhavam, acelerando e desacelerando ao acaso, eles moviam pinças serrilhadas vermelhas que pareciam crescer de suas cabeças. Quando o encontraram, os meninos perguntaram se eles estavam errados, e ele disse que não. Felizes, deram-lhes nomes, construíram rampas e uma casa e circuitos labirínticos. Eles os adotaram. À noite, eles eram mantidos em uma caixa de sapatos com buracos. Eles o encheram até a metade com terra do jardim, e ao amanhecer, enquanto os outros dormiam, ele podia ouvi-los cavando e rastejando.

Ele lhes dissera que estavam no laboratório, que não precisava mais deles para testes, que poderiam ter outro uso menos fundamental. Mas a verdade era outra. Não havia como eles estarem lá desde o início. Ele trabalhou no abrigo por sete anos. Apenas apagaram o primeiro incêndio, ainda longe, em outro continente, mas tão voraz para ele, tão óbvio em seu excesso. Ele havia lido e assistido a vídeos, levando em conta as normas de segurança dos governos das três potências mundiais, das bases militares. Chegou até a contratar um engenheiro que, com as próprias mãos, em países que agora eram remanescentes pobres e esquecidos da União Soviética, havia montado foguetes para enviar cães ao espaço, satélites que ainda orbitavam. Oscar. Um exilado que, durante o dia, trabalhava como zelador de um prédio e que tatuou, no antebraço direito, o número do pedido que lhe foi atribuído em um gueto. Oscar o aconselhara que, para não ter dúvidas, antes de mobiliar o abrigo, de enchê-lo de armários e luminárias e camas dobráveis e potes de conservas, deveria inundá-lo. Se a água não saísse, se durasse um dia inteiro, ia ficar tudo bem.

    Uma vez seco, além disso, ele o havia testado com fumaça, riscando cada buraco e cobrindo-o com espuma impenetrável de uma pistola marciana. Não sobrou um único buraco.

Inquieto, na cama, passava a mão pela parede, o travesseiro apoiado como se tomasse o pulso do abrigo, sustentando-o.

"Está bem?"

"Sim."

"O que você faz com as mãos?"

"Nada. Toco na parede, está fresca."

Ela, às vezes, pensava no que estava acontecendo lá fora. Sonhou com o céu. Era sempre laranja, sempre limpo, sem prédios, sem árvores, sem nuvens, nada mais.

Ele, só agora, depois de quatro meses, conseguiu dormir bem, embora sem sonhos. Uma pausa vazia que o carregava de um dia para o outro.

Não havia margem para erro. Oscar lhe dissera: "Erro, desastre." Ele já sabia. O descuido era o caminho mais comum para o infortúnio. Era sua obrigação erguer a cabeça entre as outras, limpar a neblina, o barulho e olhar, estar atento ao que era certo. Por isso, procurou o que fazer quando não havia nada para fazer; por isso, evitando acusações de exagero, de paranoia, perguntou, aprendeu, fez o que fez. Um refúgio. Um lugar. Aquele espaço que ele construiu para eles estarem: o mundo após o mundo. Um bicho poderia crescer do nada? Poderia simplesmente aparecer?

Ele tinha ouvido histórias de vermes e moscas da fruta. Plantas ou fertilizantes onde vidas elementais foram gestadas do nada. Mas os besouros eram sólidos, eram complexos. Eles não poderiam ter nascido assim no pomar ou nos canteiros de flores.

Viviam no futuro. No que sempre, para ele, para ela, fora um caminho possível, mas distante do mundo. Podia admitir como reais coisas que antes teriam parecido invenções e jogos, ficção científica.

"Não é tão estranho."

"O quê?"

"Que o mundo pode ser o que o mundo quer."

"Pode ser..."

"Pode."

Com o passar dos dias, os meninos perderam o interesse. Os besouros foram deixados à solta e sem mais atenção do que costumava ser dada, no mundo anterior, aos peixes ou lagartos domésticos. Rações de comida, olhares ocasionais. Ele, pelo contrário, permaneceu atento. Não descansava. Os insetos eram uma ferida aberta que ele esfregava com culpa e insônia.

Dissimulava para que não houvesse perturbação, para evitar conflito. Iam apagando as diferenças, desde que eram só eles e mais nada. Antes de descer para o abrigo, eles não estavam bem. Estavam sendo esmagados pela rotina, pela inércia do afeto automático, aquele turbilhão de questões irritantes que era a vida adulta. Eles só tinham encontrado, até então, um modo de se cutucar, culpar um ao outro, reclamar um do outro, pensar que poderia existir, sem que tivessem planejado, outras vidas melhores e possíveis. A catástrofe mais uma vez colocou em perspectiva o tamanho dos problemas, a sorte de se ter um ao outro. O fim do mundo havia salvado o amor deles.

Havia se acostumado com a harmonia e tentou se distrair. O mais difícil, desde o início, foi não ceder ao engano. Ter que aceitar que não poderia ser um erro, que não poderia ser interrompido, que não poderia ter havido um erro de cálculo. Que o fogo era fogo, que a seca era seca. Ser capaz de desenhar um mapa, definir uma hora precisa para cada país. Entenda que, naqueles lugares, naqueles exatos momentos, o mundo ia se acabar. Pela fumaça, pela água intoxicada, pela radiação, por produtos químicos irrespiráveis. Forçar-se a falar assim muda as pessoas. Ter que dizer isso a uma esposa, a um filho. Sentados em uma sala de jantar em que a luz azul dos fogões ainda brilha, e desenhos animados do Pica-Pau passam na televisão.

Os besouros apareceram assim que começou a abraçar sua vida no abrigo como sua maneira de ser uma família. Uma entre tantas, momentânea ou para sempre, como todas as outras. Estavam ali. Se empilharam uns sobre os outros e fizeram bolas com a terra úmida. Na caixa que os meninos montaram, os insetos foram construindo seus sulcos, seus cantos e recantos. Uma espécie de circuito. O que quer que fizessem, faziam com disciplina, como se estivessem seguindo um plano.

Ele tentou não olhar, concentrar-se em suas tarefas, riscar as ocupações de todos nas planilhas de controle e responsabilidade. Havia inventado uma ordem. Era a isso que ele se apegava. Mas, na rotina, como o grito de uma mulher na floresta ou na praia, de longe, alertando para o perigo, a ideia dos dois besouros avançava nele como agentes de um perigo programado. Dois funcionários do Serviço de Inteligência, uma Força Tarefa, uma célula terrorista, duas Testemunhas de Jeová.

"Os agentes do terrorismo, da polícia, de Deus... vão sempre aos pares."

"Outra vez?"

"Outra vez o quê?"

Não era certo pensar assim, ficar obcecado. Tampouco o outro extremo: deixar ir forçar a ignorância. O meio-termo era óbvio, mas ele precisava mentir, esgueirar-se, quebrar as regras que ele havia escrito e prometido, obrigando-se a jurar até o ridículo das lágrimas. Andou descalço durante seis dias, baixou gradativamente a dose de geleia no café da manhã, até chegou a reduzir e desfigurar, nas aulas para os meninos, parágrafos inteiros como irrelevantes.

Onde dizia "Os dinossauros são um grupo de sauropsídeos que apareceram durante o período Triássico", ele lia: "Havia muitos animais enormes no mundo." Não comentava as datas, não mencionava os nomes. Bastava dizer que, há algum tempo, alguém lutou contra alguém, fundou uma cidade, deu nome a um rio, inventou uma vacina. Assegurou-lhes que era importante aprender a calcular, mas não a contar. Proporções, em um mundo como o dele, faziam mais sentido do que sequências. Os meninos não lhe contaram diretamente, mas perceberam que era estranho. Ele havia parado de se barbear.

"O que aconteceu?"

"Com o quê?"

"Com o cabelo, com a voz. Com o que você faz, com sua relutância. Os meninos perguntaram."

"Não aconteceu nada."

E não acontecia. Ele estava dizendo a verdade. Ele não poderia ter respondido mais nada, porque, depois de alguns dias, a mais urgente de suas preocupações se foi.

Ele havia mudado hábitos que já haviam se tornado outra forma de costume. Os besouros ainda estavam lá, mas ele podia evitá-los. A anomalia teria que gerar um efeito devastador primeiro, mostrar um sinal. E, como isso não aconteceu, convenceu-se de argumentos em que não acreditava. Coincidência, azar, aquela coisa de "porque sim". Uma intervenção divina.

Teve um sonho uma noite. Depois de um tempo branco e sem nada. Uma noite comum, com sua barba e seu bruxismo, com sua atenção latente ao arranhar dos besouros no chão. Dormindo, pode ver um horizonte sereno. Um bairro pobre, em algum lugar da sua infância. No sonho, uma voz falava. Enquanto a ouviam, sabiam, quem dormia e quem sonhava, que era uma voz que inventavam e que, além disso, era a voz de Deus. Ela não estava falando com ele, nem com a pessoa adormecida, nem com a do sonho, estava conversando com alguém, em outro lugar inacessível. A voz soava como se estivessem conversando na sala de jantar de uma casa de veraneio, entre coníferas, perto do mar. Para aqueles que ouviam, a voz inventada de Deus lhes dizia que eles nunca haviam contado direito. Esse não era o número de besouros, nem qualquer outro. Dizia que era um número impossível de contar, nem mais nem menos. Dizia pra sair e ver.

Ao que não era uma ordem, recém-acordada, ele obedeceu. Esquecendo tudo o que era lei até então, caminhou silenciosamente pelo corredor e, depois, destrancou as portas blindadas, girou as maçanetas. Pensou que se acontecesse algo, melhor acontecer tudo com ele, que se precisasse explicar, não poderia. "Por que você fez isso?" ela ia perguntar e ele ia ter que dizer "Porque posso".

Embora houvesse a possibilidade de ar tóxico, globos oculares derretidos ou um novo pássaro, como uma guilhotina, cortando sua garganta, empurrou a tampa que selava o abrigo. Ele olhou para fora e viu o campo se mover como um rio, abaixo do céu morto e amarelado.

Ele era capaz de respirar, sim, embora o ar fosse outra coisa, ele estava completamente do lado de fora. O chão era prateado, verde, avançando em direção a ele com um estalo regular e disciplinado. Um número incontável de insetos caminhou até onde ele estava e, quando chegaram até ele, continuaram. Como mais um objeto, os animais passaram por cima dele, eles o ignoraram. E, enquanto os besouros subiam pelo peito e desciam pelas costas, ele voltava a ficar bem de novo, a ser o mesmo de antes. Era um alívio saber que estava fora do plano, poder se trancar com sua família novamente sem ter que carregar o peso do mundo em seus ombros.

# A solidão dos morcegos

Até ela morrer, nenhum de nós sabia que tia Victoria era a única encarregada de visitar os mortos. Com ela, como com o resto da família, cumprimos o ritual do velório e da comitiva e do jazigo, mas, depois disso, esquecemos a tia e todos os outros.

O cemitério é um parque triste. Não porque está cheio de cadáveres. É triste porque o abandono é perceptível. Na grama irregular, nas vias e nos túmulos, nos panteões. Quase não há sons, exceto o vento nos salgueiros ou os pássaros se movendo preguiçosamente nos galhos. Às vezes pombos com suas pernas tumorosas ficam no cimento e gesso; deixam suas merdas lá como que por pena. Deixam pouco e nada nos rostos dos anjos, nas cruzes. Eles não estão procurando comida, eles estão de passagem. Um pardal é visto muito ocasionalmente. Fugitivo, confuso. Isso é negligência. Os pássaros seguem a luz e a comida, o calor. Os pássaros não se detêm no abandono. Tia Victoria mantinha um velho costume: ela cuidava dos mortos. Ela ia aos sábados e se pintava. Comprava cravos. Me levava quando me deixavam na sua casa, é por isso que eu sei que colocava um a um em vasos de plástico; que, com uma pequena garrafa, derramava água da torneira sobre eles. Os cravos tinham o odor de tia Victoria. De suas roupas e sua toalha de mesa e seu guarda-roupa e seu pátio e seu gato amarelo e sua viuvez. Ser viúva era ser séria. Antes da morte do marido, eu compreendia que o que tornava todas as viúvas iguais era essa compostura, esse jeito único de ser adulto, esse rigor. Tia Victoria me levou ao cemitério para passear. Não havia tristeza nas caminhadas, pelo contrário, havia um silêncio que, sem acordos prévios ou ameaças, nos habituamos a respeitar. Apontava para as coisas com o dedo e me dirigia o olhar. Às vezes um gato, às vezes uma estátua curiosa. Sempre, toda vez, a caverna dos morcegos.

Não era uma caverna. Em vez disso, era a entrada para um bosque escuro. Da minha idade, da minha altura, era um portal que se abria entre as árvores. Mas, sem falarmos, assim eu lhe dizia. Nós nunca entramos. Eu imaginava.

Era escura e fresca e cheia de olhinhos luminosos. Como todo mundo, associava morcegos aos monstros e à noite. Acreditava que eles eram o que eu tinha ouvido falar: uma enorme exibição negra de voracidade, presas manchadas de sangue, criaturas mitológicas que apreciavam o medo. Porque sim, além disso, eu tinha me convencido de que os cravos afugentavam os morcegos e cuidavam para que eles não se metessem com o descanso dos mortos.

Não me recordo, porque não havia conversas naquelas tardes. Mas eu sei que tia Victoria falou comigo sobre descanso. Não mencionava morte, nem corpos, nem caixões. Ela disse que havia um descanso naquele lugar. E eu entendi a morte dessa forma. Um descanso imperturbável, um sonho partilhado por todos aqueles que já se cansaram de estar no mundo. Era a tia, o silêncio, o abandono, o parque triste com apenas pássaros, os cravos vermelhos e brancos. Aquela serenidade onde a tia acendia velas. Novas ou gastas, mesmo que não fossem vistas: enchia o panteão de pequenas fogueiras bruxuleantes. Eu não entendia por que os mortos podiam precisar de luz.

Até ela morrer, nenhum de nós sabia que tia Victoria era a última da família a cuidar de nossos mortos. Quando ela ficou doente, emagreceu e eu só a vi três ou quatro vezes. Nos disseram para que a escutasse com carinho, mas que às vezes delirava. Pelo que pude entender mais tarde, ela gostaria que eu me entusiasmasse. Ela não me contou diretamente sobre seu ritual, nem sobre o cemitério, nem sobre flores e velas, nem sobre seguir sua tradição, mas me fez saber que o que eu pensava sobre morcegos não era certo.

Eram peludos, pequenos, feios. Eles não tinham a graça imaginada de um vampiro. Foi por isso que foram deixados sozinhos. A verdade é que eles não incomodavam ninguém. As pessoas tinham medo deles porque, quando todos descansavam, eles saíam de suas cavernas. Ela me disse que os animais noturnos eram necessários, que eles limpavam as pragas à noite. Me disse que os morcegos sabiam ir direto ao que os outros evitavam, que não precisavam do sol, porque tinham um radar na cabeça, que assustavam porque eram cegos e, além disso, tinham luz em seus olhos.

No dia em que tia Victoria morreu, eu não estava em sua casa. Minha mãe estava lá. Eu esperava que ela dissesse outra coisa, algo melhor, mais importante, mas minha mãe me disse que a última coisa que ela a ouviu dizer, antes que ela não acordasse mais, foi que a deixassem só.

# O Projeto Huemul

No verão de 1949, o general Juan Domingo Perón ordenou a construção de um laboratório em uma ilha para desenvolver a fusão nuclear controlada. O local era a Ilha Huemul, no Lago Nahuel Huapi, na Patagônia. Sobre essa situação, há uma história oficial e mil outras histórias. Além disso, há uma verdade. A verdade é sempre uma possibilidade ilusória, exceto quando se é testemunha e parte, quando se é a verdade em si mesmo.

Para mim, e para mais nada, foi realizado o Projeto Huemul.

Essa velha fórmula é literal. Levar a cabo é uma frase que inclui, em sua origem latina, a luz, o alívio e o extremo, o cume, a cabeça. É disso que você tem que falar para dizer a verdade. Do que fica estagnado no esquecimento para tornar a vida mais leve.

Foi dito que um nazista começou tudo. E, se há algo que serviu para ignorar o mistério, foi o flerte de Perón com os resquícios de talento alemão que a guerra deixou e que ele atraiu ao país para seu projeto de industrialização.

O plano não era ruim, exceto pela proteção de fugitivos e criminosos. Não se podia negar que, em sua maioria, eram homens preparados, com ideias e talento. Embora essa não seja a maneira mais precisa de descrever o doutor Richter. Para simplificar, ele estava louco. E, para entrar em mais detalhes, era um contador de histórias convencido de suas ideias, não um mentiroso: um homem enganado e confuso por fórmulas que se fechavam apenas em sua cabeça. Um herói de sua fantasia, como quase todos os homens que, mais tarde, com os números definidos, julgados pela História, são considerados maus ou perversos ou imbecis.

Quando, em 1948, o doutor Richter apresentou ao General o projeto de desenvolver a fusão nuclear controlada, as coisas soaram estranhas. Era algo que, até aquele momento, nenhum laboratório do mundo havia conseguido. Quem conseguisse, teria uma fonte inesgotável de energia. Coisas de nazistas, é claro, que combinam assim com os bandidos dos quadrinhos e dos filmes. De fato, o peronismo havia começado a entender que havia um jeito de ser atraente mostrando todas as características da megalomania sem a necessidade de campos de concentração ou conquistas territoriais violentas. Deu asilo ao cientista e o deixou passar um tempo nas montanhas de Córdoba. Para torná-lo invisível, eles o moviam: eles o transferiram para Catamarca, La Rioja, San Juan. A desculpa era que, para realizar esse tipo de experimento, para desenvolver um nível tão extremo de inovação, era preciso encontrar o lugar certo. As condições do céu, o clima, até outras menos convencionais relacionadas às circunstâncias astrológicas. Tudo isso foi dito, mas a verdade é que quando, no início de 1950, começaram a instalar os laboratórios na ilha de Huemul, não havia mais ninguém no alto comando que confiasse no sucesso do projeto.

    Não havia nada na ilha. Eu estava lá, o que era a mesma coisa. Do céu, helicópteros costeiros lançavam regularmente caixas com comida, remédios básicos, água em cápsulas. O mínimo para a sobrevivência animal, até que entenderam que se tratava de um elemento mais sofisticado, e começaram com os livros e as revistas, os facilitadores do fogo, a tecnologia. A ilha era o lugar ideal para um projeto inútil e magnânimo. Uma maneira distorcida, mas eficaz, de me marginalizar.

    Eva não sabia de nada. Por isso, quando ela e o general chegaram à ilha, onde já havia sido construído um reator de 12 metros de altura por outros 12 metros de diâmetro, me trancaram no galpão. Deixei as coisas irem, me movia mansamente, sabia que todos que me enlaçavam, me amarravam e me tratavam de alguma forma seriam mais tarde fuzilados, desmembrados, jogados no lago.

    Eu era um segredo que eles mantinham por trás de todos os segredos.

Algo que havia acontecido nos dias sombrios do General, quando ninguém sabia o que ia ser. Quando ele era apenas um soldado. Havia muita coisa para esconder: mulheres e brigas, negócios de dinheiro. Mas, de todos esses, acabei sendo, por ser extravagante, o mais perigoso.

Eu entendo que o ritual era costumeiro, que não havia nada fora do comum no que o General foi obrigado a fazer. As cerimônias competiam para serem mais violentas e selvagens a cada ano: era a maneira de virar homens em homens. Disfarçaram-se de acampamentos grosseiros, testes de sobrevivência, mas foram semanas de álcool, espingardas, de lutas na lama, de mulheres postas à disposição, de tatuagens com brasas. Às vezes, em Tucumán, no monte, em outras, nas serras, às vezes, algumas, na Patagônia. Tinham ido caçar cervos. Naquela época, eles eram uma praga. Eles foram distribuídos em barcos cheios de garrafas, em grupos de seis ou sete. Aos mais novos, ao cair da tarde, amarraram um lenço sobre os olhos. Todos se embriagaram, mas colocaram algo a mais nas suas garrafas, um líquido que servia para engordar os cavalos, para estimular sua luxúria e tornar sua reprodução mais eficiente. A maioria vomitava ou acabava correndo e pulando, arrancando as roupas aos gritos, puxando os cabelos. Mas o General, não.

Não tenho certeza se, quando Perón e Eva anunciaram o projeto na Casa Rosada, o general já sabia que não tinha jeito. Com um meio sorriso sustentado por mais de quarenta minutos, ele disse que, na ilha de Huemul, o governo nacional havia construído a única usina atômica do mundo capaz de realizar reações termonucleares sob condições controladas em escala técnica. O General tinha sempre aquele jeito de falar, podia usar todas as palavras que quisesse, nenhuma delas parecia incômoda em sua boca. Para levar o anúncio a um território nacional, para que seus interlocutores primários pudessem interpretá-lo, o Líder Espiritual da Nação assegurou com franqueza e firmeza que muito em breve a energia chegaria a cada uma das casas dos argentinos em recipientes semelhantes às garrafas de leite. Richter também falou: deu explicações técnicas em um espanhol incompreensível. Mas a essa altura, o burburinho já havia dado lugar à atenção. Ninguém ouviu uma única palavra do que ele disse.

No mundo, a novidade foi publicada com caracteres sólidos e nas capas, embora as notas, em seus desdobramentos, sempre apontassem para o ceticismo da comunidade científica internacional.

Com o anúncio, foi lançado um filme oficial mostrando as instalações do laboratório e a vista do terraço onde Richter controlava todo o panorama da ilha. Essas eram as únicas imagens possíveis e ninguém nunca teve permissão para chegar à costa. Era um projeto de bem público, mas até que o resultado fosse alcançado, o sigilo tinha que durar.

Antes da chegada de Richter, a ilha era um caos sem caminhos. Apenas havia um píer de madeira e algumas cordas podres na praia sem vento do lado leste. Foi aí que chegaram os soldados daquela vez e o General, que era um dos outros, um novato. Após a caçada, vendados e preparados com álcool e um afrodisíaco, pintaram-no com barro e colaram galhos, folhas e pedaços de casca em seu corpo. Levaram ele e outros iniciados para a confusão furiosa da selva, eles os soltaram entre cabras e cervos e antílopes. E, enquanto os maiores os amarravam e tapavam seus narizes com panos, eles discursavam sobre a violação pelo toque, a zoofilia cega. O General encontrou as pernas de uma Huemul fêmea em sua altura, penetrou-a e agarrou-a, mordendo-lhe as costas, prendendo os cabelos castanhos entre as unhas. Não há registros, não há história. Mas não há outra forma.

Em 1952, com Eva morta, soltaram a mão do alemão. Perón inventou uma comissão de supervisão formada pelos médicos José Antonio Balseiro, Mario Báncora, Manuel Beninson, Pedro Bussolini e Otto Gamba, que invalidou os argumentos de Richter. Não havia nenhum dispositivo na ilha que pudesse gerar um campo magnético oscilante para obter um efeito ressonante com a frequência necessária para engarrafar energia como suco de laranja. Com o projeto morto, nasceu o mito: a história da "ilha atômica" virou livro, ópera e cem artigos em revistas científicas ou tabloides.

Minha mãe sobreviveu pouco, mas me ensinou o que era justo. As primeiras horas são decisivas: levantar-se, perceber os cheiros bons e maus, conhecer o esconderijo, o rebanho, a comida, o perigo. O instinto era mais forte que o medo nela e, apesar de ter enlouquecido e me mordido e não soubesse muitas vezes como me tratar, cedeu ao cuidado e me deixou viver, ainda que longe. Os outros cervos eram hostis a mim, e vim a entender por espionar os caibros e os pescadores, em grupos de caçadores ocasionais, que também não era conveniente aproximar-me dos homens.

Inevitavelmente, fui descoberto. Eles nunca hesitaram em me atribuir uma afiliação com o General. Não havia outra pessoa capaz de fazer o que ele havia feito. Para aqueles que sabiam, ele se tornou uma divindade, mas eles também entenderam que havia em mim um milagre e uma monstruosidade irredutível. De longe, uma vez, o General me viu, diante do laboratório, de Eva, do Projeto. Ele pensou que eu não o havia visto, ele estava entre algumas árvores, vestindo um uniforme militar, me apontando com binóculos. Ouvi o cara que estava com ele sussurrar: "Ele se parece." Uma noite, eles me rastrearam com cachorros, apontaram para mim com lanternas e espingardas. Eu não via rostos, apenas luzes. No tumulto, ouvi a voz do General. Ele pediu que não atirassem, que me mantivessem vivo, mas escondido, que me dessem comida e apenas o suficiente para uma vida decente. Ou, talvez, nem uma palavra dessas tenham sido ditas, mas ele deu uma ordem curta e suficiente, que se tornou cada uma dessas ações. Logo depois, montaram o laboratório, e o alemão, e o que começou a ser uma suspeita e um murmúrio entre adversários, um lugar de segredos obscuros, tornou-se uma piada de mentiroso, um lapso na boa vontade do General.

    Encurralado, quando seu trabalho foi cancelado, Richter disse à imprensa que um monstro habitava a ilha. Um centauro longilíneo que vagava pela floresta mastigando ratos e morcegos. Não era verdade. Eu não sou isso. Um psiquiatra oficial o diagnosticou com delírio místico e esquizofrenia. Ele nunca voltou à Patagônia e hoje os restos de seu projeto são uma atração turística. Embora eu me esconda e caminhe no escuro, algumas pessoas me viram, tiraram fotos minhas desfocadas que circulam, mas minha existência e as evidências não coincidem. Quase ninguém mais visita a ilha. O tempo foi convencendo a todos, inclusive a mim, de que não há nada para ver aqui, de que eu não sou algo possível.

## Guilherme e a mosca

Quando eu tinha quinze anos, estava sempre nublado, sempre havia pouca luz, e o ar na sala de jantar parecia empacotado em uma lona molhada; sempre no meio da tarde. Eu estava vestindo uma camiseta com o rosto de John Lennon estampado em duas cores, jeans azul nevado com costura laranja, tênis cinza New Balance. Todos os dias. Eram sempre seis da tarde.

No dia em que conheci Guilherme, mamãe tirou a toalha coberta de óleo sobre a mesa da sala de jantar e vi pela primeira vez a cor da madeira limpa.

Guilherme era um dos namorados de mamãe. De alguns dos namorados da minha mãe eu gostava, de outros não. Minha irmã gostava de todos. Mamãe também. Minha avó me disse para tomar cuidado porque todos eram estúpidos. Ela me disse que, para não ficar sozinha, as mulheres faziam qualquer coisa. Me disse: "Venha quem vier, o homem aqui é você." E eu era. Especialmente entre os doze e quinze anos. O homem que meu pai colocou ali para cuidar da minha mãe e da minha irmãzinha.

Papai tinha deixado dinheiro suficiente para pagar a casa, uma estante de pinho que ele fez que continha vinte volumes da Enciclopédia Britânica do Círculo de Leitores e uma dúzia de romances policiais com títulos sugestivos: Colada em seu corpo. Loira ardente. Ele havia deixado sua risada nas fotos, seu corpo de trinta e poucos anos, atlético para sempre, o reflexo de piscar e limpar a garganta quando se sentia desconfortável. Papai havia deixado uma mulher viúva aos vinte e oito anos. Duas crianças órfãs. Morto porque sim, já era.

Guilherme era um rapazinho com um casaco branco macio de avô e as mãos cruzadas contra o corpo como um esquilo. Tão diferente de papai. O bigode de zelador, os cabelos grisalhos que começavam a aparecer acima das orelhas. Uma falta de jeito gaguejante que convidava a zombar dele, a se colocar acima. Chegou cedo em casa nessa primeira vez, com uma torta de ricota embrulhada em papel de presente e amarrada com uma fita de nylon dourada. Ele cheirava à colônia, um cheiro cítrico de delegacia de polícia, mocassins marrons, meias de xadrez escocês. Se eu quisesse descrever a um marciano como era um homem tímido, um homem inconsequente, bastaria enumerar o essencial de sua aparência e aquela maneira de cumprimentar quase sem voz, a maneira como nunca se decidia a cruzar a soleira da porta e os tapas desajeitados que dava na cabeça da minha irmã sem realmente entender se deveria tratá-la como um ser humano ou um animal de estimação.

Mamãe nos disse que ele era Guilherme e nos cumprimentamos. Como fazia com todos, mamãe nos contou que Guilherme era um amigo e que ela havia falado muito sobre nós. Nós não dissemos nada. Mamãe pediu ao Guilherme o casaco, o pacote com a torta, convidou-o a sentar-se no sofá, ofereceu-lhe algo para beber. Mamãe perguntou: "Cerveja? Coca-Cola?" Guilherme disse: "O que vocês forem tomar." Eu disse: "Uísque, então. Pouco gelo." Minha brincadeira, embora pretendesse estabelecer um limite grosseiro, demarcar território, relaxava o ar e os fazia rir. Mamãe foi colocar a torta na geladeira.

Como faltava um pouco para o almoço, sentamos na sala com a TV desligada e mamãe colocou uma música. Entrava e saia com copos e pratos da cozinha; toda vez que espiava, fazia perguntas que só podíamos responder com um suspiro ou uma expiração.

"Até que ficou legal, né?", "A música está bem? Devo aumentar um pouco?"

Guilherme e eu não conversamos. Por sorte, havia Sofia que servia de âncora e nos impedia de cruzar olhares desconfortáveis. Ela nos contava sobre seus assuntos. Havia um homenzinho que se chamava Poli e que arrumava as sementes nos vasos para que os pássaros pudessem dar aos seus filhotes. A chuva estava boa, mas às vezes era demasiada e intensa. Ela gostava de batatas com óleo e bonecas loiras.

"E em que série você está?"

"O que é uma série?"

"Ela vai para o jardim de infância."

"Claro, o jardim de infância."

"Vou à Salita de la Laguna."

"Que lindo nome. E você tem muitos coleguinhas?"

"Sim, uns nove."

"E você tem namorado?"

"Não, porque eu sou pequena."

Uma mosca gorda estava voando. Mamãe tinha colocado jasmim, certamente ou cravos: algo doce no vaso como ela sempre colocava, e aquele cheiro esvoaçava. As bochechas e o pescoço de Guilherme ficaram vermelhos. Estava falando comigo. Me fazia perguntas. Me tratava como um bebê. A luz natural era quase nula, uma brisa mal amarelada sobre as pastas bordadas e eu, com o New Balance apoiado na poltrona, despreocupadamente, respondia a todas as suas perguntas com monossílabos duros, com movimentos de cabeça. Mal nos víamos: como nos romances policiais de papai, éramos dois homens conversando baixinho, nas sombras. Mamãe nos disse que a comida estaria pronta em breve. Já tinha feito isso antes, mentia. Ela tinha creme caro nas mãos e não iria arruiná-las com cheiros rústicos. Tocava apenas os pratos, copos, talheres prateados.

Comemos pãezinhos de queijo com presunto cru, azeitonas recheadas, coisas que mamãe sempre colocava na mesa antes de o jantar ser servido quando havia convidados. Guilherme sentou-se à cabeceira da mesa, esticou um guardanapo nas coxas, serviu-se de um segundo copo de cerveja e me contou, do nada, que houve um tempo em que os homens faziam serenatas. Que ficavam debaixo das varandas e pediam às mulheres que saíssem. Eles as chamavam de rainhas, amorzinho, coração. Eles diziam que iriam amá-las por cem anos. Enquanto ele falava, tentei entender por que estava dizendo essas coisas para mim. Girando o dedo indicador, apertando os olhos, me sinalizou que escutava algo no ar. Eu só via uma mosca, a mesma do vaso, que agora atacava a luminária do teto. Guilherme tinha uma voz suave e feminina. Embora se esforçasse para parecer falador, tinha vontade mesmo de ficar calado.

Um tempo depois compreendi, quando ele parou de falar, quando voltou à sua atitude egocêntrica e silenciosa, que o que ele estava dizendo tinha a ver com a música que estávamos ouvindo. Algo espanhol e antigo, um pouco mexicano. A música da mamãe. Guilherme falava porque tinha que falar, era óbvio que o que ele gostava era de ficar calado. Comemos sem música. Guilherme nos contou, por insistência da mamãe, que havia vendido mais torradeiras naquele mês do que o resto de seus colegas. Torradeiras ou batedeiras, algo para usar na cozinha. Ele nos disse que vendeu também três ou quatro máquinas de lavar. Uma coisa fora do comum. Sem precedente. Mamãe pediu que ele nos contasse o que seu chefe havia comentado. Dissera que ele seria o responsável pela próxima filial. Mamãe e Guilherme concordavam que a capacidade de vender coisas era uma espécie de virtude.

"Pode ser aperfeiçoado, mas é algo com que você nasce."

Guilherme não havia concluído o ensino médio.

Dos pratos, saía um vapor com cheiro de folhas de louro. Tudo o que comíamos, exceto no verão, tudo cheirava a louro. E não era verão. Era outono ou inverno. Uma estação de luz fraca.

Sobre a mesa havia uma garrafa, suco Frescor, pão, vinho tinto. Usamos o jogo de taças, pratos com desenhos azuis. Desenhos chineses. Gansos e fazendeiros em chapéus triangulares jogando sementes de seus aventais de trabalho.

Mamãe provavelmente falou um pouco sobre sua amiga Susana. Susana era a mulher que trabalhava com ela no negócio. Seu cachorro sempre estava doente ou seu marido envolvido em algum negócio obscuro. Susana era uma bênção quando se tratava de falar sobre alguma coisa. Guilherme mencionou anedotas de seu trabalho, comentou apenas sobre o que uma senhora lhe disse a respeito do que ouviu o locutor dizer no rádio.

A mosca que pairava perto da lâmpada às vezes pousava na toalha da mesa, no pão ou na beira de um copo e um de nós acenava com a mão para enxotá-la.

"E o que você gostaria de fazer quando terminar a escola?"

"Viajar."

Os namorados da mamãe sempre falavam comigo sobre o futuro.

De Sofia importava o que ela era, o que fazia, se ia ou não ao jardim, se gostava ou não de massinha. Comigo, a questão era o que eu ia fazer agora que estava começando a deixar de lado a infância. Era sobre isso que eles conversavam comigo e, para essa conversa repetida, eu já tinha um roteiro armado. A minha parte e a parte do namorado.

"Viajar para onde?" ou "E como você vai pagar a viagem?", perguntavam.

Eu insistia: "Viajar para qualquer lugar."

O Guilherme disse que se para ele viajar não era profissão, se para ele viajar era coisa de menino, o problema era dele. Embora Guilherme não tivesse seguido o roteiro, eu, sem ouvi-lo, lhe disse que a sua vida era triste e chata, que nem todos nós tínhamos que nos conformar com isso.

Mas Guilherme não disse nada do que os namorados da mamãe sempre diziam.

Ele também gostava de viajar. Esteve no Paraguai e em Misiones; conhecera muitos lugares da província por conta dos trabalhos.

Ele também tinha viajado quando criança. Os jovens tinham que voar. Diziam isso nas músicas, diziam isso nos livros, nos filmes. Eu concordei.

Quando terminamos de comer, passamos alguns minutos conversando com pratos vazios e talheres cruzados. Guilherme e eu sozinhos. Mamãe estava colocando Sofia na cama. Nessa pausa, Guilherme voltou ao tema das viagens. Ele me perguntou se eu ia estudar alguma coisa além de viajar. Eu disse a ele que já havia estudado o suficiente. Ele me disse que nunca era suficiente, que sempre é preciso continuar aprendendo. Eu quis saber que coisas ele havia estudado para poder vender geladeiras.

Guilherme não me respondeu: ergueu uma sobrancelha e mal bufou pelo nariz. Não houve rubor ou desconforto. Em seu rosto se instalou a expressão que veria sempre a partir de então. Toda vez que ele voltava para casa para levar mamãe ao cinema, para sentar na poltrona bebendo o que quer que lhe dessem no copo ou para nos enjoar com seus pacotes de doces e merengues.

No ar, com um golpe de mão e sempre me olhando nos olhos, ele pegou a mosca que estava voando sobre nós. Ele a sacudiu em seu punho cerrado como se estivesse sacudindo um par de dados antes de jogá-los no pano. Atordoada, apoiou-a no prato, zumbindo, com as patas em cima do resto da comida. Usando seus dedos como pinças, ele separou suas asas de seu corpo e a deixou assim, viva e mutilada, vibrando.

"Sempre aprendo algo novo. Quando você crescer verá que sempre se aprende." Mamãe voltou com café. Guilherme disse a ela que estávamos conversando. "Nós estávamos falando sobre voar." Mamãe encheu três canecas azuis e sentou-se conosco para terminar a noite. "Uma conversa de homens."

# A batalha dos peixes

Há um lugar. Uma cidade de terra vermelha e casas de barro cozido. Para chamar alguém, qualquer um, todo mundo, você tem que gritar. Não há outra maneira de se chamar ali. Em um lugar. Eles sabem que já existem, que foram inventadas. Outras. Eles não as usam. A cidade é árida, plana, e sustenta em torno dela uma beleza robusta. Não só de montanhas minerais, de planícies pontilhadas de cactos gordos que guardam reservas de chuva. Não apenas céus claros, sóis brancos cintilantes. Há uma beleza de rumores levemente amarelos, de senhoras curvadas que cantam a mesma canção porque não havia sal, nem ferro, nada além de poeira na terra. Lá, os homens trabalham treinando os pássaros. Eles sabem como falar com eles. Naquele lugar, há um barulho que é uma brisa e um redemoinho e que se forma no canto dos pássaros.

 Eles estavam diante deles, antes dos homens, os pássaros. Eles vêm do peixe. Primeiro os peixes, depois os pássaros, depois os homens. É por isso que os peixes são comidos, os pássaros são treinados, os homens vivem.

É a lei daquele lugar, é a história. Nesse lugar, como em todos os outros, reina uma antiga verdade.

Nas escolas, explicam às crianças: mostram-lhes um mapa desenhado. O mapa é amarelo, verde, azul-claro, marrom. Entre duas costas, as professoras localizam os rios, os vales, os fatos da história. Com algumas figuras quadradas, também apontam as formas da flora e da fauna, as espécies. Sustentam as figuras nas matas, nas margens dos córregos, no alto das montanhas. Vão atribuindo aos seus habitats, conforme o caso. Os meninos sentam-se em filas duplas e repetem os nomes em voz alta.

Todos os meninos têm um timbre semelhante. A mesma nota, se o ouvido conhece e sabe. Todos os meninos têm as pontas dos dedos manchadas de tinta e sujeira. As escrivaninhas são feitas com a madeira das árvores e, nesse local, as árvores são vermelhas como o chão e têm uma casca macia que cai sozinha. Há uma pá chata que os homens de lá inventaram, para arranhar e apressar. Chamam de "pazão". As mesas não são como as árvores, as mesas são lisas e polidas, enceradas. Na escola, ensinam flora e fauna. O ecossistema. Eles repetem o nome de um pássaro, o nome de uma planta. Repetição é aprendizado. É fazer com que as coisas se tornem palavras, passem a ser próprias.

Agrupados, os alunos são arbustos que cantam. São o lugar de passagem dos pássaros, as árvores. Local de detenção, descanso, acasalamento Sua casa, de fato, soe como soe, mais ou menos verdade, mais ou menos fantasia, diz a senhorita Beatriz, diz a senhorita Irene, é o céu. Os meninos dizem que ali não mora ninguém, porque onde se vive é onde se fica. Você tem que aceitar que, na idade deles, essa dúvida é natural. Depois você tem que removê-la. Uma casa, o lugar para ficar quieto. Ter um apoio. Assim seria no caso de quem não é uma ave, as senhoras respondem pacientemente, acostumadas. Ou um peixe. Porque entre a água e o céu há uma distância de espessura, de resistência, mas não muito mais. A terra já é outra coisa. Existe um acordo sobre isso. Quando eles saem da escola, todos os meninos seguem o mesmo caminho. Eles brincam de pisar em sementes redondas que explodem e liberam uma gosma preta. Para chegar às suas casas, eles atravessam um campo amarelo e veem os pássaros mais cinzentos e menos vistosos bicando o chão. Os criadores os saúdam com as mãos enluvadas. Gritam "vagabundos", "moleques", e às vezes insultam-nos, dependendo do que tenham bebido.

    Eles encontraram os pássaros. E não vale a pena saber se ovos ou pombinhos. Naquela aldeia, essas questões deixaram de ser importantes há muito tempo. Perguntas para velhos que jogam dominó, para quem passa as tardes debaixo de um toldo vazio. O ovo ou a galinha. Os pássaros estão lá, eles sempre estiveram lá e tiveram que ser domados.

Por mais que aprendam na escola os diagramas, as distâncias, a disposição harmoniosa das estrelas, a tabela periódica dos elementos, é provável que eles também um dia acabem fazendo esse trabalho. Os pássaros estarão lá, terão que seguir domando-os. E, para isso, eles têm que aprender um ofício com aqueles homens que os chamam de guris, vagabundos, que os insultam.

O povoado cresce em direção ao campo, mas não cresceu muito em seu tempo de existência. As casas são mais ou menos as mesmas. Quando uma pessoa morre, outra nasce e a substitui. A cidade cresce para fora, em direção aos currais. Cresce bastante opaca, acastanhada. As cores são colocadas pelos pássaros amarrados aos palanques ou circulando no céu, que é o seu lugar habitual, que é a sua casa. Há uma evolução natural das coisas: se uma cidade cresce, a outra cresce. A grama cresce, as nuvens aumentam, os rios minam. Para que tudo progrida no ritmo necessário, os pássaros são selados e alimentados, com plataformas acopladas a suas pernas, a agudeza de seus bicos é cultivada, sua crista é lubrificada. Eles recebem nomes apropriados. Os criadores os classificam por plumagem, por tamanho, por caráter, por cores. Ninguém nunca pensou em fazer outra coisa porque é isso que funciona. Não se toca no que funciona.

Os peixes são em sua maioria prateados, alguns mais brancos, outros mais amarelados, alguns, poucos, os que grudam nas profundezas, são pretos. Ao contrário das aves, os peixes têm dentes na boca, têm pelos dourados nas escamas, não têm membros visíveis, qualquer coisa que se possa olhar e dizer "isso parece uma mão". Ao contrário dos pássaros, os peixes não trazem as cores, o canto às pessoas.

Quando estão um pouco mais maduros, quando estão prontos para escutar, os meninos são informados de que os peixes, se quiserem, podem prejudicá-los. Histórias passadas são contadas, sobrenomes ilustres são nomeados e batalhas que, na melhor das hipóteses, tiveram um final equilibrado. Há um fato em particular que eles chamam de "A Batalha dos Peixes". Tem uma data precisa, tem seus cantos alegóricos, tem monumentos, tem representações pictóricas. Nessas imagens escuras, peixes e homens se misturam em umidade e sombras roxas, as espadas são vistas cortando, as bocas redondas e tontas engolindo mulheres, soldados, criaturas. Na terra vermelha, na água agitada, todo aquele caos sem bandeiras é cortado porque, do céu, vem a luz, a explosão de cores: os pássaros que estrangulam, engolem e salvam. Assim, com essas cenas recriadas, o medo de gerações é moldado para sempre. Crianças e homens e mulheres e velhos que nascem e substituem uns aos outros.

Estudando em seus colégios, arrebatados pelas gravuras e tapeçarias; copiando-os em seus cadernos com linhas rudimentares, quebrando os lápis de cor e as pontas de seus lápis mordidos. Assim, aqueles que vivem e passam pela cidade de terra vermelha e casas de barro cozido, aqueles que gritam para chamar uns aos outros e queimam crosta e serapilheira para assar comida, dedicam-se a cuidar e a treinar as aves coloridas. Colocam nelas seu compromisso, sua paciência, sua força. Eles as usam e as amam para que estejam lá, em seu favor, se for o caso. O povoado tem o nome de um herói, que tem o nome de um santo. A senhorita Beatriz e a senhorita Irene encarregam-se de lembrá-lo, de apontar com giz seu rosto pintado em um quadro.

O herói é um jovem e vai montado em um pássaro branco e leva no rosto a face de um qualquer. O primeiro domesticador, aquele que fez o que tinha que ser feito, para que houvesse alguma coisa. Aquele que inventou a história e contou a todos. Sob o herói e o pássaro, vê-se o campo derrotado, manchas brancas na terra branca que os livros e os professores se encarregam de esclarecer: são os restos ainda latejantes dos peixes mortos. O que habita o mundo escuro, abaixo de tudo, na água.

# Elefante

Não era importante saber de onde ele tinha vindo. Estava ali porque havia chegado, sim, abrindo caminho pelos ramos dos salgueiros, prático e furtivo, sem pressa, como as mães abrem as tiras de plástico das cortinas e entram nas lojas, seguro, desde o bosque, as pegadas não mentem, ele havia caminhado até onde estava deitado, em frente à arquibancada que chamamos de Sul, embora no Sul esteja essa e demais arquibancadas, as flâmulas, os arcos e todo o clube, nós, o bairro, a província, o país e todos os seus lugares; neste sul esmagado deste lado de todos os meridianos com carrapatos e mosquitos, com jaguares enlameados, mas que, exceto no circo, no zoológico, em documentários, você nunca espera ver um bicho assim, daquele porte estranho, e muito menos enrolado como um cachorrinho deixado de lado, na zona da grande área que ainda não era só terra, aproximando-se daquela língua seca de uma tartaruga pré-histórica, lâminas de ervas daninhas para mastigar e, olhando para quem se aproximava três metros, quatro, no mínimo, não seria grande coisa, sem compartilhar o espanto que mal o acordou, com olhos acobreados e opacos como maçãs mergulhadas em caramelo, soltando pequenas nuvens de poeira que faziam as velhas suspirarem, adormeceu com a serenidade das crianças que já esvaziaram as mamas.

Não era importante saber. Mas todos perguntavam. E o curioso é que, também neste caso, como sempre acontece, digamos, por exemplo, a falta de uma estátua na igreja, de uma placa no cemitério, a morte prematura, Deus me livre novamente, de uma jovem, de um pai silencioso, o bom senso teve que esperar sua vez por muito tempo, antes que as opções mais malucas fossem descartadas: a coisa tinha caído do céu, um estranho milagre, mas um milagre, de repente assim, um animal na vizinhança, justamente quando estávamos preparando a peregrinação à Virgem, se ele era um Deus para os índios, os índios da Índia, como as vacas, sim, também, as vacas sagradas, não se comem, já se sabe, mas havia um Deus, aliás, que era assim: com pálpebras sombreadas de azul-celeste, com coroa e pulseiras, com oito ou nove braços (não nove, impossível, os braços são pares), disse o marido de Aída, concentrando-se na versão naquele detalhe), ou poderia ser o de um raro cruzamento de bestas e produtos químicos, fora da fábrica, naquelas poças espumosas que cresciam cada vez mais, que se aproximavam cada vez mais de nós, essa coisa teria saído assim, tão parecida com as dos circos, zoológicos, documentários, mas a verdade é que, olhando mais de perto: quem ia dizer se era ou não, quem ia dar um braço por essa verdade, quem ia assinar uma declaração para anular toda probabilidade de que houvesse, como já havia, na pré-história, na Rússia, em Hiroshima, algum caso raro de mutação entre nós? Então, depois de um tempo, a fantasia diminuiu e se optou por conferir as notícias. Se algum caminhão ou trem, se houve alguma carga desviada do destino, ou alguma denúncia: Nada. Pensou-se em lavagem, em uma licitação incomum, algo obscuro. Mas não era, enfim, se foi entendendo, isso que importa. Seja daqui ou de lá ele havia chegado. Porque o que tinha que ver, já que estava ali, instalado, tão confortável, tão imóvel, digo o elefante, entre nós, era o que íamos fazer com o que apareceu e ficou, o que íamos fazer com o que nos havia sido reservado.

Tínhamos medo do que ia acontecer à noite, porque dizem que à noite os instintos das feras estão alertas. Se ele acordasse e se entusiasmasse com a destruição, faria uma tragédia. Derrubaria nossas casas, tão frágeis, derrubaria um poste e anularia o traçado, nos deixaria sem poço, sem pomares, sem escrivaninhas, sem o consolo da TV ligada a tarde toda. Sem nada da vida que havíamos armado. Em casos como este, quem sabe o que pode acontecer à noite. Era isso que nos assustava: ir dormir, abrir-nos para o sonho sem saber. Por isso, sem deixar que corresse mais tempo se fazendo de sonso, eu mesmo me ofereci e sozinho para ficar de guarda ao lado do arco Norte. Que me dessem um cobertor, que me dessem uma garrafa térmica com café, mesmo que fosse, se ao menos tivessem piedade, um par de biscoitos ou pão com queijo, o que fosse, mas em quantidade suficiente para alimentar o bicho se ele acordasse de repente, para ganhar tempo. O bicho come capim ou amendoim, apontou o marido de Aída, sempre atento ao preciso e ao inútil, e os meninos da novena, que vieram treinar com a bola e com os cones, logo se organizaram para encher um saco. Tudo isso porque não podíamos mais chamar as autoridades. Tinham nos deixado sós, desde que não pegamos mais o transporte, desde que não demos mais os documentos. Nem o incêndio vieram apagar e ali já entendemos para onde as coisas estavam indo, de modo que não demos muitas voltas a um assunto tão simples e entramos num acordo. Sozinhos. Como estávamos e como havíamos chegado.

Minha proposta de ficar de guarda foi rapidamente aceita pelos curiosos e quebraram fileiras como se o formigueiro lhes tivesse sido cuspido de cima: transbordavam para os lados sussurrando coisinhas com suas antenas. Fazia um tempo que estavam olhando para ele sem falar. Não são de prestar muita atenção, e o elefante os aborreceu, porque, uma vez que a novidade passou, foi um show bastante sem graça: ver um mastodonte deitado no mesmo lugar, bufando e mastigando grama. Essas pessoas ficam entediadas rapidamente, é preciso dizer. De um elefante eu teria esperado mais tempo. Mas não.

Os que ficaram foram para ajudar, porque se eu fosse passar a noite lá era justo que eu descansasse agora e eles me pediram para ir deitar um pouco, que eles ficariam até o sol se pôr, que não me incomodariam. E eu na verdade preferia que não, se não tinha sono ou tampouco algo urgente, imediato para fazer, o que me interessava era ficar ali, perto do elefante que era um deus na Índia, com oito braços, um milagre que só podia ser visto em circos, zoológicos e documentários. E que se ele ficasse bravo, ficasse corajoso, ele destruiria o bairro inteiro em três patadas. Melhor tomar uns mates, se eles quisessem, isso iria ajudar; pedi para conversarmos. Acima da arquibancada Sul estava a sombra e se esticava, então já estávamos passando das três para as quatro horas. Enquanto o elefante insistia em não fazer mais nada, nem mesmo se irritar, nós três que havíamos permanecido sentados ali discutíamos se o eucalipto estava indo bem ou não nas infusões. Os paraguaios também colocavam cascas, sementes, coisas que a gente descarta e joga no lixo. Coisas que um elefante poderia comer. Eles tinham visto em vídeo: cachos de legumes que tiravam de baldes para alimentá-los. Também foi visto que os treinadores e os cavaleiros usavam uma vara de cana para domá-los. Carregamos a garrafa térmica várias vezes, as pessoas passavam, faziam perguntas, continuavam e foi aí que a tarde se apagou sem nada.

    Conforme combinado, eles se foram com a luz, me deixaram sozinho, e o bairro por volta das duas horas já estava completamente desligado, exceto pelo sinal da rodovia. Eu com meu cobertor, com a lanterna, a garrafa térmica, com um livro de capa dura que contava a vida de São Francisco de Assis. Podia ouvir o elefante respirando forte. De vez em quando, um cachorro, um tiro do outro lado da pista, o trem branco e vazio, de vez em quando São Francisco tinha sido um soldado, eu não sabia, ele lutou em uma pequena guerra em algum lugar da Itália. A Itália era chamada, naquela época, por outro nome. Adormeci enquanto lia, e o livro juntou-se a mim com o sono: uma guerra medieval de caras que cortavam suas gargantas com machados e mastigavam suas costas, mas na quadra, comigo, com o santo descalço, o elefante deitado e com o cheiro ácido de mijo e bosta, da fumaça do bairro e dos cavalos mortos em batalha. Lá estava eu, sentindo o ar desarmado, gritando o verdadeiro nome do Santo (Bernardone!), quando despertei e com um tapa afastei a tromba que ofegava em minha camisa.

 É raro que um elefante te olhe de frente. Seus olhos são desfocados e tristes, separados por um pergaminho de couro cinza enrugado. Por mais estranho que pareça, dormindo como estava, a primeira coisa que pensei, olhando para o bicho entre as sobrancelhas, era que um pôster ou um panfleto poderia ser colado ali. Um dos folhetos que distribuíam na avenida: a propaganda da clarividência ou a oferta de galinhas; aquele que dizia que Deus tem um plano para todos nós. A imagem me veio tão boba, tão nítida, e embrulhada no absurdo, saindo da guerra dos sonhos, me custou tanto para reagir, que o elefante só se serviu da grama na sacola. Levantei-me e fiquei parado, era assim que deveria me comportar, eu sabia, com cobras e leões. Com os ursos, tinha escutado, era melhor ficar na ponta dos pés, esticar os braços, fazê-los acreditar que você era maior. Maior que um urso, digamos que pode ser. Que um elefante, não. Era melhor eu ficar parado, como teria feito com o leão, com a cobra de pé. E isso teve um efeito no bicho, porque ele seguiu comendo por um tempo, como se eu não existisse.

Parado era outra coisa, incerto, majestoso. Ao meu lado, mastigando devagar, mais como uma árvore do que um animal em sua forma lenta e contraída; em sua serenidade. Ainda assim, a enormidade não me deixou em paz e quando ele chegou um pouco mais perto de mim e começou a esvoaçar ao meu redor novamente com sua tromba, vasculhando lentamente minha camisa, fiquei com medo. No susto eu nem percebi que o que ele estava procurando era o saco com biscoitos e depois de um tempo eu só vi que ele estava comendo enquanto eu cantava para ele. Porque o que eu fiz, por mais estranho que pareça, por mais ridículo que pareça, foi cantar. Aquela música sobre os elefantes se balançando eu cantei, suave no início e cada vez mais forte. A canção dos elefantes que se equilibravam na teia de uma aranha e como viram que ela resistiu iam chamar outro elefante.

Um, dois e três elefantes, e o bicho sentou na minha frente, como um menino e ficou me ouvindo cantar, comendo os biscoitos um a um. Uma coisa instintiva, natural, por isso dizem que a música, claro, acalma as feras, é daí que veio a ideia, eu acho, mas funcionou: no número trinta e cinco, ele se virou e, cansado, voltou para seu canto para se deitar novamente. Aos poucos parei de cantar. Abaixando o tom. Fiquei sentado esperando que amanhecesse e não dormi mais. A sensação que tive foi que eu o havia entediado: que não era tanto eu, que era mais o elefante que estava esperando acontecer algo que nunca aconteceu.

As pessoas gostam de falar. Eu também. A todos. E há mais coisas que são ditas do que aquelas que acontecem. Pela lógica, pelo ritmo. Com o passar dos dias, desde que o elefante chegou, o que havia para se contar não era muito, mas sim as coisas que foram faladas. Eles o tinham visto acender como uma lâmpada, jogando a tromba para o céu e pedindo chuva um dia, depois o sol novamente. E enquanto o sol passava, enquanto a chuva passava, Raúl, aquele que contava, nos confrontou com essa evidência como prova.

Os meninos tinham jogado futebol ao redor dele e juraram que saía de seu corpo algo como um sussurro que certamente significava alguma coisa em outra língua, porque o barulho eram vozes falando: como um coro de criancinhas recitando. Pareciam palavras, mas cortadas, não ditas por inteiro: algo que dava medo. Para se assegurar e também mostrar aos outros que todos, menos ele, eram maricas, Hugo, filho de Miriam, tinha encostado o ouvido nas costas, mas somente tinha se confundido ainda mais, porque, segundo o que disse, o que tinha ouvido eram as ondas do mar ou o rebuliço de um rio caudaloso, como dizem que se ouve dentro de caracóis mortos Nélida também dizia, quando começava a falar e parava de tomar mate e comer croissants por um tempo, que o elefante, nas horas mortas da vigília, entre quatro e seis, quando ele acorda e ninguém está por perto, exceto ela que nunca dormia, desde que o trem levou Oscar primeiro e depois os garotos, que uns caras vestidos de macacão amarelo iam vê-lo. Que máquinas estranhas passaram por suas orelhas, que lhe roçaram as patas e lhe deram alguns camundongos ou alguns coelhinhos (não tinha conseguido enxergar bem) para que o bicho pudesse devorá-los vivos.

Ninguém mais os tinha visto, mas ela nos examinava com olhares frios e nos dizia que não estava louca, e nisso, baixando a cabeça, tínhamos que admitir que todos estávamos de acordo. Como essas histórias, havia outras. De todo tipo. Porque as pessoas gostam de falar e se lhe dão motivos, digamos, um elefante que aparece de um dia para o outro no desgastado campo de futebol de um bairro pobre e isolado, silencioso, e fica deitado dias, semanas, sem fazer nada além de xixi e montanhas espalhadas de esterco verde, mastigando ervas daninhas e às vezes vasculhando o lixo, a vontade de dizer alguma coisa, de saber e contar algo que os outros ouvem com atenção, torna-se irresistível. Além do que as pessoas contaram, há uma história sobre o elefante que é verdadeira. Não diz nada sobre por que o elefante apareceu. Em vez disso, começa com as primeiras mordidas. Depois do primeiro dia e da primeira noite. Quando estávamos perdendo o medo. Quando o susto passou. Depois de contar a todos como cantei a música para ele e como domei a fera contando a ele sobre elefantes inventados. Depois que todos foram repassando a história e fazendo outra coisa. Depois da surpresa e do entusiasmo, os dias voltaram a ser iguais.

Desses dias, lembro-me agora de dois. Em um, sentados na galeria do Chasco, nos cobrindo do primeiro sol da tarde, começamos a falar de moscas. Estava o Chasco, o Gordo e eu. A mulher do Chasco também estava por perto, passando um pano, cozinhando alguma coisa. Conversamos sobre o motivo de as moscas estarem ali. Eu disse que elas zumbiam com as pernas, esfregando-as no ar, e o Gordo disse que não, que moscas tinham boca. Uma boca que não se via. Com aquela boquinha, as moscas lambiam bolos de comida regurgitada o tempo todo. Esse era o zumbido. Chasco, que estava com a razão afinal, disse que o barulho era feito com as asas. Mas a mulher de Chasco colocou uma cerveja morna na mesa, que de repente nos acordou e nos perguntou se havíamos contado as moscas. Nós pensamos que era uma chacota, é claro, que nos fazia ver que tínhamos tempo mais do que suficiente, mas depois de nos servir, nos disse: nove. Assim como no verão passado e no anterior. Pelo menos em casa, na galeria. Com o elefante, as moscas não mudaram. Disse que seria esposa de Chasco e embora rimos, isso nos deixou com dúvidas. Tentamos contar e não conseguimos. Podia ser verdade.

    O outro dia que me lembro era um domingo. O padre estava rezando missa, as mesmas velhas ao redor, os panos brancos manchados de vinho doce, os três grandes bobalhões coroinhas com velas nas mãos. Ao ar livre porque a capela era um forno, com teto queimado e chão acarpetado. Fez uma leitura corajosa: embora não fosse Páscoa, falou da crucificação. O padre disse que tínhamos que nos concentrar na dor de uma mãe que vê seu filho tropeçar. Uma mulher ajoelhada aos pés de seu filho que é espancado e zombado pregado em um poste no topo de uma montanha. Em seu ofício, o padre, concentrado, nos fez ver, como se um pincel saísse de sua língua, as lágrimas de uma mulher de carne por seu filho de carne. Mostrava como iam desfiando com talhos o lombo do filho quase morto e imóvel ali. Pedia-nos atenção, exigia que, sem pensar em Deus ou nos anjos, nos concentrássemos na coroa de espinhos cravada na testa do filho e como aquela mãe teve que passar a tarde inteira vendo o sangue correr devagar, desprendido do peito e das pernas, da testa, dos buracos que as lanças abriram em seu estômago. Um corpo ainda branco, contrastando com o sangue, como no dia em que, manchado de sangue também, o sangue dela, macio como o pão, aquele corpo que estavam matando tinha saído ao mundo de seu ventre.

O padre continuava, e as velhas apertavam os rosários como se quisessem quebrar as mãos, e para ser sincero, o resto de nós também estava bastante cativado, atento até o elefante se levantar com um barulho bobo e pesado. Como ele às vezes fazia, parava para fazer xixi ou beber água ou mexer com sua tromba no saco de grama e frutas que os meninos deixaram, então todos nós viramos e olhamos para ele. Muito zangado, o padre gritou para o bicho e para nós: "Quietos, merda!" E de repente a coisa parou e deixou de fazer o que estava fazendo, mudo e submisso, como nós que também ficamos quietos e ouvindo. O padre terminou o sermão: Cristo morto nos braços da mãe, e os soldados puxando-o. Lembro-me daquele dia porque todos começamos a ter mais respeito pelo padre e alguns também ficaram com mais medo de Deus.

Foram muitos aqueles dias sem nada. Talvez até o verão inteiro. Mas ainda estava quente quando vimos as primeiras mordidas em sua perna de trás. Achamos que eram os cachorros. Os poucos que restaram entre os escombros lambiam seus focinhos espumosos e sempre farejavam com a cabeça no chão. O que aqueles vagabundos estavam rastreando? Algum cheiro secreto, muito pouco para o nariz dos homens.

Eles procuraram nas rachaduras algo para comer. E não havia quase nada disso. Por isso, a princípio pensamos que eles haviam sido tentados pelo enorme bicho, tão disponível e deitado, gordinho no chão. As marcas eram pequenas, nos talões, um pouco mais acima também. Nós as notamos porque ele se retorceu para esfregá-las com a tromba: mordidas circulares que desigualavam seu couro e atingiam sua carne vermelha. Salpicados como manchas de ferrugem na quilha de um barco. Nós o curamos dormindo, dormindo não fazia nada: aprendemos. Com antisséptico e gaze, cobrimos suas feridas, sem acordá-lo, à noite.

Mas alguns dias depois elas apareceram novamente, maiores desta vez, mais venenosas. Com os cães já presos e alguns até, por mais tristes que pareça, mortos, porque entre golpes e desafios nosso entusiasmo se inflamou e lá estavam os cãezinhos. Sem outros para apontar a suspeita, montamos uma vigília, de um ou dois, à noite, na sesta, mas num piscar de olhos, sabe-se lá quando, as mordidas não paravam de aparecer. Já passavam das pernas para as costas, até cortes mesmo, nas porções carnudas, descolamentos que permitiam ver parcialmente os ossos. E apesar de tudo, a criatura mansa deixou arrancar os pedaços, não reagiu, e assim, deitada no chão, a verdade era que, mais do que um animal, parecia muita coisa. Nós não dissemos um ao outro, nós adivinhamos. Porque quando a ideia começou a ocorrer a cada um de nós, quando ela cresceu em nossos estômagos, germinando do feijão preto da fome o desejo de pegar um grande bocado, a maneira como nos olhávamos ficou turva e não foi preciso falar para entender isto: com o bocado que cada um mastigava surpreso percebemos que éramos apenas nós, nenhum vilão, que estávamos comendo o elefante.

Os elefantes têm cílios de boneca antiga. Uma linha cerosa de curvas suaves que sobem e descem preguiçosamente como as polias de um elevador antigo. Quando um elefante te olha, é porque não tem mais remédio. Ele não focaliza com atenção, ele inclui você no acidente de seu olhar. É você e as árvores e o chão e a sombra do avião que passa, é você e a tempestade que vem e o ruído do vagão tentando partir, tossindo o frio. É tudo preguiçoso nele, também o olhar. A menos que você tenha arrancado um pedacinho do elefante mordendo suas pernas; a menos que à noite ou na sesta você tenha se aproximado dele furtivamente e tenha cortado uma fatia de seu lombo para comê-lo entre dois pães. Ali o elefante se concentra. Ele sabe quem você é, ele te detecta. Então tudo é menos amigável, mas não por hostilidade, por raiva, muito pelo contrário. O elefante que você mastiga te olha com uma paz vegetal que é assustadora. Como se surgissem olhos que te vissem no perfume de um arbusto de lavanda. Um olhar de fumaça, primeiro, e depois espinhoso, afiado.

Um espinho que crava dentro de você como uma música que, com a mesma letra, com o mesmo tom sussurrado em seu ouvido, se repete. Aquele que diz, por exemplo, que um elefante estava se equilibrando em uma teia de aranha e como ele viu que ela resistia ia chamar outro elefante. Que dois elefantes estavam se equilibrando na teia de uma aranha e como viram que ela resistia iam chamar outro elefante.

Começamos nos culpando. Como sempre acontece: dissemos que o pior era culpa dos outros. Tirar um pedacinho de tanto couro e músculo e gordura mole não para nos alimentar, não: as crianças, os canários, os vizinhos, com toda a pobre inocência que havia crescido em nós em torno do bairro, sem que percebêssemos, essa miséria, e das migalhas só salva uma crosta para a força do dia a dia, para evitar a fome, mas outra coisa, muito diferente, o abuso, a crueldade.Com que necessidade a recorrência; a preguiça que não procurou alternativas e simplesmente beliscou, por gula, por preguiça, um pedaço egoísta todas as noites? Isso era maldade, não a nossa, até um ponto fatal e necessário. E conversando uns com os outros, cochichando nas casinhas ou no frescor das portas, nas cadeiras quebradas do Chasco, alimentávamos nosso ódio daqueles outros fantasmagóricos, inventados (no fundo, a gente sabia), inexistentes, que não o comiam por fome, que o rasgavam apenas por serem cruéis e daninhos.

E, enquanto conversávamos assim, o elefante olhava para nós, sempre o mesmo, morrendo no seu cantinho, deixando-se fazer, tão educado, sem dizer um som, sem saber uma palavra. Nós também chegamos de noite, como o bicho. Não todos juntos, pouco a pouco e devido ao que o Pai chama de circunstâncias diversas. Cada um teria (não sabemos, não perguntamos) suas próprias razões. Até pouco tempo atrás, chegávamos à estação e íamos caminhando dali. Sem mala, com quase nada, poucas coisas na mochila, algumas. Suponha uma escova de dentes, um sutiã, um papel certificado, um aparelho de barbear, três livros, uma foto. Mas o trem deixou de parar aqui, embora passe com um barulho diferente, com uma outra frequência. Eles mantiveram a estação lá, ervas daninhas cresceram nela, a madeira apodreceu. Os mais novos tinham que correr pela rodovia ou pelos labirintos encharcados dos túneis. Já havia alguma coisa aqui: as cabines, a fiação, as latrinas e as pessoas que abriam os portões todos os dias às seis, fechavam as janelas às nove. Como o elefante, de algum lugar viemos aqui uma noite e aqui ficamos parados.

Quando nos levantamos, com o sol, somos nós. Quando o dia amanhece, alguns vão e voltam para fora, do outro lado, mas a maioria de nós fica. Quietos. Eu já disse. E o problema é que começam a nos faltar coisas. Lâmpadas queimam, os assoalhos e os para-lamas ficam furados, os carros ficam parados lá para sempre, e se acabam, as toalhas se desgastam, o mesmo casaco começa a se repetir demais. No bairro acomodamos o mesmo para quase tudo. O que nos resta se acomoda como em uma incubadora sob aquela única luz que nos ampara: o cartaz de Sprite com tubos verdes e brancos acima da rodovia. Sob esses brilhos aquosos acomodamos quase tudo, exceto a fome. Deve ter sido quatro meses com o elefante. Não muito mais que isso. Mas o tempo passava devagar. O que fazíamos à noite, às vezes sozinhos, às vezes em grupo, durante o dia nos assustava. Quando os ossos nus e os músculos envernizados com o orvalho começaram a aparecer, entramos em pânico. Ficamos bravos um com o outro quando estávamos com medo, culpávamos um ao outro. Por sorte o susto nos pegou sem balas. Quando, entretanto, disparávamos por medo, elas nos acertavam no peito e na cabeça, nas crianças, nas mulheres. Porque quando se joga, o medo é uma névoa, uma poça de fumaça preta entre o horizonte e os olhos.

Sem balas ele nos pegou dessa vez e por isso também acabaram com o animal com pás. Por pena, por compaixão e por medo. Era noite, madrugada. Eles esmagaram sua cabeça, que era a única coisa saudável, e seus olhos olhavam para dentro. Quando amanheceu e me levantei cedo sem querer, como sempre faço, sem nada para fazer, fui até a quadra e o vi ao lado do gol, no lugar de sempre onde o deixaram deitado e morrendo. Parecia que nós dois estávamos sozinhos no bairro naquele dia, naquela hora, porque os outros, atrás das venezianas e portas, estavam descansando. Então, no final das contas, melhor ou pior contado, o que aconteceu foi isso. Fomos comer o elefante sem saber de onde ele tinha vindo. Mas não é isso que realmente importa. O importante é que me abaixei no último dia e embalei o que sobrou: os restos, as últimas batidas. Importante para mim. Porque o elefante ainda estava lá, mas acima de tudo, porque eu estava lá. E em mim foi deixando o ar e as palpitações, morrendo em cima de mim. Isso é o que realmente importa. Haver estado. O importante é que comecei a arranhar a terra e retirar o entulho para os lados. E fui cavando por muito tempo, até que vi que não fazia buraco, nem sulco, que não colhia nada. O que eu estava fazendo era idiota, mas me ocorreu que era necessário. Quando entendi, pedi uma pá e me deram, porque naquela hora já circulava gente. E vários de nós fizemos um enorme poço que nos levou o dia. E juntos empurramos o elefante para dentro e o enterramos. E calmamente, ordenadamente, juntos, pregamos uma cruz ali no lugar, ao lado do arco. Na cruz nos reunimos agora para tomar mate e bater papo à tarde, para contar a história do elefante.

Às vezes nos distraímos em detalhes, em coisas que inventamos, em coisas que são verdadeiras. Havia um morro que serve para estar ali, mas que incomoda o futebol. Alguns de nós falam de Deus, outros de circos e domadores, de canibais, de um bicho que nos faz maldições mais profundas, de um animal que nos salva.

Fonte:
Georgia
Papel:
Cartão LD 250g/m2 e pólen Soft LD 80g/m2
da Suzano Papel e Celulose